문학이 필요한 시절

# 문학이 필요한 시절

황규관 산문

교유서가

## 2부 문학을 해야 하는 시절

## 책을 내며

사는 일이 계획대로 흘러가는 것만은 아닌 게 확실하다. 이런 말도 삶의 계획이 있는 사람에게나 어울리지, 살면서 계획을 딱히 가져본 적 없는 나 같은 사람에겐 어울리지도 않는다. 굳이 계획이 있었다면, 열심히 시를 써서 한 권 한 권 시집이나 묶어내면 좋겠다는 것이었다. 예외로 단 한 권의 산문집은 생각해본 적이 있고, 그것은 이미 이뤘다(?). 이제는 변명도 하나의 장르가 된 것인지도 모르겠으나 이 책도 우연히 말을 섞다가 나오게 된 것이다.

여기에 모인 글들은 그동안 이곳저곳에서 청탁을 받아 쓴 게 대부분이다. 앞부분의 몇 편은 지난여름에 작정하고 쓰기는 했지만 줄곧 내 안에서 꿈틀대던 것들이었다. 가만히 생각해보면 언젠가 내놔야 할 것들이었다. 언제부터인가 지금 사는 시간에 예전의 시간이 무단히 들어오곤 했는데, 그것은 대체로 추억의 형태가 아니라 그간 변해버린 것들을 비교해보는 식이었다. 그 결과는 물론 어쩔 수 없는 슬픔이지만, 그렇다고 해서 그 슬픔을 회한의 구렁텅이에 빠뜨리고 싶지는 않았다. 도리어 최근 10년간 내가 새로 알게 된 것들이 과연 얼마나 진실에 가까운지 가늠해보는 배움으로 삼으려고 했다.

시를 쓰는 사람에게 산문이라는 것이 무엇인지, 시간이 지나면서, 아니 아침저녁으로 생각이 바뀐다. 무안한 일이지만 언제부터인가 이러한 산문을 꽤나 열심히 쓰고 있는 내 자신의 모습이 보이기 시작했다. 외형적으로는 밖에서 주어진 부탁 또는 기회를 거절하지 못해서 벌어진 일 같은데 내면에서는 그것을 반기고 있었던 것 같다. 나는 무에 그리 하고 싶은 말이 많았던 걸까. 존재는 표현이라는 어느 철학자의 말도 있지만, 어느새 다작을 하고 있는 모습이 아직은 낯설기는 하다. 물론 중요한 것은 다작 그 자체가 아닐 것이다. 내용이 중요하다는 말도 내게는 상투적이다. 보다 더 근본적인 문제는 '서 있는 자리'라고 나는 아직도 믿는다.

여기에 실린 글들은 2018년 여름부터 2020년 여름까지 2년에 걸쳐 〈서울신문〉에 쓴 칼럼과 적잖게 겹친다. 하지만 신문에 쓴 칼럼 원고를 그대로 싣는 것이 마음에 걸리는데다 미처 다

하지 못한 말들이 있는 것 같아 대부분 고쳐쓰면서 분량을 늘렸고, 이제 시의성이 떨어진다고 판단됐거나 시간에 의해 어느 정도 산화된 것 같은 글 몇 편은 제외했다. 세상 돌아가는 일을 직접적으로 언급하는 '시사' 칼럼보다는 이슈에서 조금은 떨어진 글을 쓰고 싶었었다. 불가피하다 싶은 게 있으면 피하지 않았지만, 숨겨진 진실을 더듬어보자는 욕심은 결국 수박 겉핥기에 머물고 말았다. 그럼에도 불구하고 칼럼 원고를 쓰는 동안 현실에 밀착된 의식을 가질 수 있었다. 당연히, 소중한 지면을 제공해준 신문사에 고마운 마음이다.

앞에서도 말했지만 지나온 과거의 시간을 호출해 그 시간이 나에게 어떤 의미였는지 묻고 싶기도 했다. 돌아갈 고향이나 근원에 대한 것은 아니고 '나'를 형성한 시간을 현재로 불러낸 격이랄까. 예를 들 겸 몇 편에 대해서만 언급해두자. 1부의 「장마」 같은 경우는, 어릴 적 장마와 현재의 장마를 비교해 그동안 지구가 얼마나 변한 것일까 생각해봤다. 그래서 어릴 적 장마처럼 오는 장마에서 어떤 근원적 감정을 느끼고 싶다고 썼는데, 2020년의 장마는 아이러니하게도 '근원적 감정'을 넘어 말할 수 없는 공포를 안겨주었다. 사실 이 글을 우연찮게 김종철 선생께서 읽게 되셨고 따뜻한 위로도 받았는데, 직후에 갑자기 운명하시는 일이 벌어졌다. 내게는 꽤 힘든 여름이었다. 생전의 김종철 선생에게서 나는 언제나 시인의 직관과 마음을 발견했다. 그래서 덜컥 쓴 글이 「시인 김종철」이다. 주위의 동무들은 그분에 대해 쓰는 것을 힘들어했지만, 나는 당시의 감정 상태와 선생에 대한 마음을 그것대로 남기자는 쪽이었다.

2부에 실린 글 중 「강정, 밀양, 성주 그리고 문학」은 '2018 평창동계올림픽 기원 국제인문포럼'에서 발표한 글이다. 올림픽을 반대하는 입장이라 행사 참여에 고민이 많았지만, 이참에 다른 나라 작가들이 모인 자리에서 정권을 누가 쥐고 있느냐에 상관없이 벌어지는 한국의 내부 상황을 알리자고 작정해 쓴 글이다. 영어 번역을 염두에 둔 글이라 호흡이 다른 것에 비해 조금 다를 것이다. 또하나는 「혐오의 언어와 시」이다. 이 글도 '2019 서울국제작가축제'를 위해 쓴 에세이라 번역을 염두에 두었다. 다른 글들은 출처를 일일이 밝히지 않았다. 번거로운 일이기도 하지만 기억나지 않는 것도 많아서다.

마지막으로 추린 원고를 일별해보니 결국 '문학을 하자'는 결론인 듯하다. 그래서 제목도 '문학이 필요한 시절'로 했다. 새삼스럽다는 느낌도 없지 않으나 이렇게 문학주의자처럼 말하는 것은 그동안 문학을 하지 않아서가 아니라 문학을 존재 전체로 밀고나간 적이 있었던가 하는 반성 때문이다. 내가 말하는 문학은 그러나 장르로서의 문학이 아니다. 아무래도 우리 현실에 더 깊은 상상력과 꺼지지 않는 인식, 그리고 꿈에 대한 비원이 있어야겠다는 생각에 한동안 휩싸였었다. 단순히 글을 잘 쓴다는 것은 부차적인 문제일 것이다. 과연 내가 했다는 문학이 신생의 시간에 대한 상상력과 꿈을 품고는 있었을까. 모래폭풍의 한복판에 서 있는 것 같은 두려움에 '문학이 필요한 시절'을 절감했을 뿐이다. 더군다나 지금은 묻고 위로받을 나무도 쓰러지고 없다.

 교유서가 신정민 대표의 제안이 없었다면 어찌됐을지 모르는 글들이다. 여기저기 흩어진 것들을 묶어 책을 낸다는 생각을 갖지 않겠다고 했다가 그의 제안에 마음이 움직였다. 한편으로는, 이렇게 쓰고 묶어 내는 일이 문학을 하는 일의 일부일 것이라 자위했다. 물론 쓰지 않거나 책을 내지 않으면서도 문학은 얼마든지 할 수 있으며 문학을 하는 사람이라면 누구나 이 궁극적인 사태가 무엇을 의미하는지 잘 알 것이다. 하지만 현실의 요동은 나날이 거세지고, 이제 어떤 명철함으로도 섣불리 그것을 이해하기가 힘들어졌다. 그래서 그런지 언제부터인가 발화된 언어에 예민해졌고, 원고를 정리하면서 그게 그렇게 최근의 일만은 아니라는 것을 알게 되었다. 내 딴에는 우리의 언어가 너무 황폐해졌다고 느꼈다. 과연 그렇지 않느냐고 묻고 싶었는지, 대부분의 글이 '언어'에 대해 자문자답하는 형식이다.
 이 책을 내는 데 힘을 보태주신 분들께 감사드린다. 책은 저자의 것만이 아니라는 것을 잘 알고 있다.

2020년 겨울
황규관

1부

# 썩음에 대하여

# 썩음에 대하여

엄벙하게 만들어진 양철 대문 옆에 두엄자리가 있었다. 한때는 소를 세 마리까지 키웠지만 곧 한 마리만 키우게 됐다. 요즘에는 고작 먹방 프로그램의 재료 '덩어리'거나 도시인들의 풍요로운 식탁 위에 오르는 '소고기'의 공급원으로 취급되고 있지만, 예전에 소는 여러 가지 의미에서 인간 삶의 동반자였다. 우선 농사일이나 운송의 엔진이었다. 달구지 꽁무니에 두 다리를 늘어뜨린 채 엉덩이만 걸치고 앉으면 소의 걸음 따라 그리고 울퉁불퉁한 길바닥 때문에 몸이 덜컹덜컹 흔들리고는 했다. 달구지를 끌던 소의 조금 마른 엉덩이뼈가 아직도 생각이 난다. 소가 달구지를 끌던 광경은 그리 오래 가지 않았던 것 같다. 경운기가 보급되면서 빠르게 사라져버렸던 것이다.

그러면서 논밭을 가는 데는 주로 경운기가 사용되었지만 소

역시 꽤 오래도록 남아 있었다. 논밭을 가는 소를 '일소'라고 불렀는데, 그렇게 부릴 수 있기까지는 수고가 꽤나 들었다. 멍에를 얹어야만 쟁기를 채울 수 있는데 소가 그것을 완강히 거부하곤 했기 때문이다. 설령 멍에를 메우고 쟁기까지 채웠다손 치더라도 막상 일을 하려면 엉뚱한 데로 가거나 아예 내빼는 소도 가끔 있었다. 그런 소가 차분하게 일을 하게 될 때까지는 시간이 좀 걸렸다. 우리집은 그런 일소를 키워보지 않아서 일소에 대해 잘 알지 못하지만, 마을에는 일소가 한두 마리 남아 있었다.

일소가 아니라도 소가 가난한 살림에서 차지하는 경제적 가치는 꽤나 컸다. 제법 큰 돈이 급하게 필요할 때면 소를 팔아 돈을 마련하기도 했기 때문이다. 솟값 파동이 벌어질 때는 몹시도 애를 먹였지만 말이다. 우리집 같은 경우는 어미소가 송아지를 낳으면 얼마간 길렀다가 우시장에 내다팔곤 했다. 새끼를 팔고 나면 어미소는 며칠 동안 울었다. 얼추 사나흘 정도였던 기억이 난다. 하지만 어미소의 눈에 그렁그렁 고인 눈물은 꽤나 오래 갔던 것 같다. 중학교 1학년 때 키우던 녀석은 낮밤을 가리지 않고 보름 정도를 깊게 울었다. 평소 여물을 주고 풀을 뜯기던 나에게 제 새끼 낳았다고 뿔을 세우고 달려든 녀석이었다. 대문을 열고 마당에 들어서자마자 나를 향해 달려오는 녀석을 피해 도망가다가 서운해서 조금 울었던 것 같다. 아무튼 그 녀석 때문에 나도 보름 동안 잠을 설쳐야만 했는데, 때마침 교통사고를 당해 입원한 동생의 간호를 위해 어머니가 집에 계시지 않을 때였다.

봄이 되면 등교 전에 소를 강둑에 매는 일도 내 일이었다. 부모님이 농사일에 너무 바빠서 소를 하루종일 먹일 수가 없었기 때문이다. 평소에도 다른 집들은 소를 꼭 강둑에 매두었는데 우리집만 지극정성으로 마당 가운데에 말뚝을 박고 고삐를 묶어놨다. 아마도 소 한 마리가 실질적인 재산의 전부라서 그랬을 것이다. 그래서 마당은 언제나 소가 싼 똥과 오줌으로 질척거렸다. 그런데 송아지 녀석이 말썽이었다. 이 녀석은 대문만 조금 열렸다 하면 밖으로 뛰쳐나가 온 동네를 헤집고 다녔다. 길에는 사람들이 다니니 주로 마을 텃밭들을 질주하곤 했는데, 그 때문에 동네 사람들의 원성이 자자했다.

그런 녀석이었기에 강둑에만 나가면 신이 나서 전력질주를 했고 어미도 고삐를 움켜쥔 내 손을 뿌리치고 새끼 뒤를 좇아 달렸다. 이 두 녀석을 간신히 붙잡아 매고 나면 바짓가랑이가 이슬에 무릎까지 젖곤 했다. 그런데 송아지가 뛰어다니다가 멈춘 곳은 꼭 물웅덩이나 강물 앞이었다. 강 물결이 바람 따라 끊임없이 일렁이던 광경을 봤던 걸까. 녀석은 드디어 여름이면 뚜껑을 열어놓곤 했던 고추장 단지에 발을 담그는 사태까지 일으켰다. 아무도 없을 때 부뚜막에 오르거나, 더워서 방문을 열어놓은 날에는 방안에 들어가 떡하니 앉아 있는 것도 예사였다. 그래서 결국 송아지를 팔기로 했던 것이다. (그 송아지를 사간 사람은 녀석을 어떻게 키웠을까?)

오일장인 삼례장이 열리면 우시장이 꽤나 북적였다. 꼭 송아지만 우시장에 나온 것은 아니었다. 내 기억으로는 큰 소가 더 많았던 것 같다. 우시장에 끌려나온 소들은 평소라면 엉덩이와 허벅지에 덕지덕지 붙었을 똥 딱지를 깔끔하게 떼고 나오기는 했지만, 소를 사는 쪽은 그보다는 소의 이빨 상태와 털의 때깔, 그리고 살이 얼마나 올랐는지 그런 것들을 살폈다. 간혹은 뿔이 못났다고 투덜거리던 어른들도 있었던 것 같다. 아닌 게 아니라 뿔이 못난 소들은 정말 못생겨 보였다. 내가 본 소 중에서 가장 못생긴 소는 뿔이 하나는 앞쪽으로 하나는 뒤쪽으로 뻗은 녀석이었다. 우석대학교에서 전주 쪽으로 가다보면 삼례 읍내를 지나야 하는데, 왼쪽에 있는 삼례시장 맞은편, 그러니까 가는 방향에서 오른쪽이 예전 우시장 자리였다.

소를 키우면서 얻을 수 있는 것 중 하나가 바로 두엄이었는데, 우리집의 경우는 외양간에 깔아둔 짚과 소의 배설물이 뒤섞인 것을 끄집어내 쌓아두는 두엄자리가 대문 옆이었다. 소를 키우는 집들은 대부분 마당 귀퉁이에 두엄자리가 있기 마련이었다. 그것이 푹 썩으면 요긴한 거름이 되지만 썩는 동안 파리와 모기에게 퍽이나 시달려야 했다. 두엄자리가 파리와 모기의 서식처 노릇을 했기 때문이다. 집 앞에 텃밭이라도 있는 집은 거기에다 두엄을 쌓아두기도 해서 날이 따뜻해지면 냄새가 나 마을 사람들의 타박을 들어야 했다. 이래저래 사정이 여의치 않으니 어쩔 수 없이 마당 귀퉁이가 제격이었던 것이다.

소 한 마리를 일 년쯤 키우면 두엄 높이도 2미터는 됐다. 그러면 그것을 논으로 밭으로 퍼날랐는데 설 직후가 아니었나 싶다. 사실 어린 내게는 고된 노동이었지만, 리어카에 싣고 온 두엄을 논밭 여기저기에 뿌릴 때가 어쩐지 좋았다. 두엄자리가 개운해지는 것도 있었지만 거름을 내는 일 자체가 왠지 뭉클했던 것 같다. 논밭이라고 해봐야 남의 집 것을 빌려서 짓는 형편이었는데, 몇 년 지나자 주인이 직접 짓겠다고 나섰다. 부모님은 그때 퍽 서운해하면서 화를 내셨다. 일껏 두엄을 내서 이제 뭔가 좀 거둬들일 만하나 싶은 터에 주인이 회수해간 꼴이다. 위쪽은 아무래도 썩은 정도가 부족했지만 두엄더미의 중간 이하는 대체로 소의 배설물과 짚들이 뒤섞인 채 푹 썩은 게 확연했다. 그리고 그것이 논밭의 흙과 어울려 다른 힘을 내게 하는 원천이 된다.

나는 농사일에 능숙하지도 않고 경험이 많지도 않다. 어릴 때 일손이 부족해서 시킨 일을 조금 거들어본 것과, 전에 서울을 떠나 살아보겠다고 짧은 기간 농사 흉내를 내본 것이 전부이다. (박정희가 총 맞아 죽은 날인 1979년 10월 26일은 나락 타작을 하는 날이어서 가을 소풍을 가지 못하고 논에 있었다.) 어쩐 일인지 어릴 때 소 키우던 일과 외양간에서 만들어진 두엄 생각이 요즘 가끔 난다. 우리가 썩는 일과 너무 동떨어져 살아서 그런 건 아닌가 싶기도 하고 제대로 썩는 능력을 망실해서 그런 건가 싶기도 하지만, 무엇보다도 우리 사회에서 벌어지는 가슴 아픈 일들을 보며 우리는 정말 썩을 줄을 모른다는 실감이 생겼기 때문이다. 나는 아직도 우리 사회가 부정의에 절어 있다고 보는데, 이 부정의는 썩어서 벌어지는 일이 아니라 썩지 않아서 벌어지는 일만 같다. 혹은 썩지 않으려고 발버둥을 치다가 일어난 일인지도 모르겠다.

썩는 일은 시간을 필요로 한다. 그리고 여기서 시간이란 기다리는 일을 가리킨다. 썩는 '동안' 우리 자신이 성숙해질 수도 있고 다른 길을 상상할 수도 있는데, 기다리는 일이 없으니 섣불리 판단하고 또 예측한다. 따지고 보면 이 섣부름조차 썩기를 거부하는 태도에서 나온다. 빠른 판단과 예측은 얼핏 부정의에 맞서는 자세를 취하는 것 같지만 복잡한 상황을 모면하려는 도피 심리와 닿아 있을 수도 있다. 기다리는 일은 생각을 필요로 하는 행위인데, 생각하는 행위를 기피하는 것이 사태의 진실에서 도피하는 게 아니고 달리 무엇일까. 그러다보니 우리의 관계를 규정하는, 또는 우리가 관계를 맺는 데 첫째로 필요한 언어가 심상치 않아 보인다. 생각과 언어가 맞물려 있다는 사실을 고려하면 이는 차라리 당연한 일이다.

요즘에는 비판이라는 이름으로 확인되지 않은 사실을 증폭시키고 다시 그 대립으로 또다른 언어가 등장하면서 언어가 진실을 향한 징검돌이기는커녕 도리어 진실을 가리는 데 동원되고 있는 듯하다. 그런데 단지 나만 그렇게 느끼는 것일까? 특히 언론은 사회적 갈등을 넘어 혐오를 부추기는 데에서 새로운 비즈니스 모델을 찾은 것 같다. 여기에 이른바 사회적 부정의와 맞선다는 사람들이 이 비즈니스 언어를 묻지도 따지지도 않고 유통시키고 있는 형국이다. 그 반대도 있다. 예를 들면 소셜 미디어의 영향력 있는 인사가 제기한 의혹을 언론이 확인도 하지 않고 기사화하며 부풀리는 어처구니없는 소극이 그것이다. 대체로 이런 언어 시장의 복판에는 보수 언론이 자리잡고 있지만 이제는 보수니 진보니 하는 구분도 무의미한 지경이 아닌가 싶다. 이제는 언어 자체도 내구성이 빈약하게 설계된('계획된 진부화') 사실상의 상품이 되었기 때문일 것이다.

그런데 중요한 것은 '대립 그 자체'가 아니지 않을까? 이것과 저것을 함께 생각하는 시간을 통해 썩어야 할 것과 조금 더 남아 있어야 할 것을 추려내야 우리의 정신이 객토되는 게 아닐까? 나는 언어 자체에 그러한 속성이 있다고 믿는다. 무엇이 사회적으로 정의로운지 여부를 따지기 전에, 아니 그것을 따지기 위해서라도 언어는 공공재여야 할 것이다. 우리가 사용하는 언어가 그런 성질을 잃어버리고 사용자의 입장에 따라서만 유용한 것이라면 이미 언어가 사유화되었다는 방증일 것이다. 그런데 언어의 사유화는 자본주의 경제체제가 상품의 생산 과정을 은폐하는 것과 비슷한 방식으로 사유의 주체를 은폐하는 것 같다. 분명 우리가 일반적으로 쓰는 언어는 우리'들'의 것이 아니라 어딘가에서 상품으로 생산된 것이다.

언어가 점점 사나워지고 획일화되어가고 있는 점을 봐도 그것은 명확하다. 어쩌면 언어의 이런 획일화 현상도 우리의 언어가 어딘가에서 생산된 것임을 입증해준다고 볼 수 있다. 그렇다면 누가 언어를 생산하고 또 사유화하는 것일까? 나는 그 주범을 현대의 테크놀로지라고 보는데, 좀더 사실에 밀착해 말하자면, 그 테크놀로지를 통해 빠르게 언어를 소비하라고 재촉하는 언어-자본이다. 그것이 언어를 빠르게 생산하고 소비하지 않으면 마치 경쟁에서 도태되기라도 한다는 듯 끊임없이 압박을 가한다. 하지만 경험한 사태를 내면에서 썩힘으로써 만들어진 침전물이 언어라면, 테크놀로지가 강요하는 언어는 언어가 아닌 것이다. 아니면 이제 우리가 생각하는 언어는 사라진 것일지도 모른다. 한 걸음 더 나아가, 현실은, 누군가가 한 말을 빠르게 베껴 쓰고, 변별점을 갖기 위해 강한 악센트가 필요하다고 한다. 우리의 언어가 (강해지는 것이 아니라) 사나워지고 획일화되고 있다면 그건 아마도 이런 과정을 통해서일 것이다.

어미소가 낳은 송아지를 조금 더 키울 생각이라면 언젠가는 코를 뚫어야 했다. 나무 막대를 뾰족하게 깎아 목덜미의 줄을 부여잡고 코를 뚫는데, 그 고통 가득한 울음소리를 나는 들을 수 없어서 소를 키우며 내가 외면했던 유일한 장면이다. 하지만 코를 뚫지 않으면 소는 사람의 식구가 될 수 없었다. 그 과정을 거친 후 코뚜레를 한 송아지를 보면 내 마음이 다 아프기도 하고 또 코뚜레를 한 모습이 어색해서 새로 베어온 풀을 한 움큼 던져주기도 했다. 이제 이 녀석은 한동안 우시장에 끌려가지 않아도 된다는 안도감과 함께. 송아지에게는 잔인한 과정이겠지만 함께 살기 위해서는 생살을 찢는 고통도 감내해야 했던 것이다. 그런데 코를 뚫어야 하는 어른들의 마음은 어땠을까. 나는 언제나 그게 궁금했지만 물어보지는 않았다.

입마개를 한 채 밭을 가는 친구네 일소는 일을 많이 해서 그런지 몸이 좀 마른 편이었다. 한 고랑을 갈고 밭두렁에 도착하면 소의 입에서는 거품이 뚝뚝 떨어졌다. 목도 마르고 고돼서 그랬을 것이다. 그럴 때는 어른들이 참 모질다는 생각도 들었다. 또 소를 몰아본 사람이면 경험했을 일인데, 소가 가장 좋아하는 것 중 하나가 콩잎과 뽕잎이다. 녀석이 남의 밭에 심은 콩이나 뽕나무에 입을 댔다 하면 내 어린 힘으로는 어쩔 수가 없었다. 결국 고삐를 맨 줄로 엉덩짝을 때려줄 수밖에. 그래야 간신히 길을 갈 수 있었는데 한편으로는 콩잎을 훑어먹으려 날름거리던 긴 혀가 떠올라, 그것이 그리 맛있나 하는 궁금증이 들기도 했다. 아닌 게 아니라 짚과 건초를 썰어 소죽을 끓일 때 콩 타작을 하고 남은 콩깍지를 함께 넣어 끓이면 특히 맛있게 먹고는 했다.

소를 키우면서 얻었던 산목숨에 대한 생생한 감각이 다행히 아직도 내 몸에 남아 있는 게 가끔은 고맙기도 하다. 먹이고, 싸우고, 치우고 했던 감각이 내 몸 어느 구석에 쌓여 있는 것 같기도 하고, 어쩌면 그것이 내 언어의 일부인 것만도 같다. 단순한 옛 농경 사회에 대한 동경이 아니라 직접 만지고, 보고, 듣는 감각을 무엇보다 신뢰하게 되었다는 말이다. 그리고 소를 키우며 그 부산물로 얻은 두엄이 썩어가던 '동안'도 내가 직접 살아본 시간일 것이다. 그래서 늦겨울 바람을 맞으며 두엄을 뿌릴 때 뭉클했던 것일까. 알 수 없는 일이다.


독일의 철학자 하이데거는 경험과 체험을 엄격하게 구분하여 사용했는데, '경험'은 존재에 대한 것이며 시대와 장소를 초월해 수행될 수 있는 것이지만, '체험'은 주관과 객관을 분리한 시대에 가능한 경험의 '특정한' 양식이라는 것이다. 그러니까 주관이 객관을 피상적으로 경험하는 것이 체험일 것이다. 실제로 그는 「세계상의 시대」라는 글에서 "근대인이 자신의 본질 형태를 움켜쥐기 위해 무제한적으로 손을 뻗으면 뻗을수록, 근대인에게는 모든 것이 체험으로 귀착되기 마련이라는 사실은 필연적이고도 합법적인 사실"이라고 한 적이 있다. 왜냐면 "근대의 근본과정은 세계를 상으로 정복하는 과정"이기 때문이다. 확실히 우리에게는 존재에 대한 경험을 모두 버리고 떠나와서인지 세계를 하나의 상狀으로 인식하는 경향이 있다. 존재에 대한 경험이 달리 무엇이겠는가. 그것은 살아 있는 장소에서 살아 있는 것들을 느끼는 것이 아닐까. 아니, 살아 있는 것들과 함께 살아야 장소도 살아 있을 수 있을 것이다.

이런 온갖 기억과 경험이 오늘날 내가 예민하게 인식하고 있는 언어 현상과 얼마나 적절히 연관되는지는 잘 모르겠다. 하지만 썩을 줄 모르는, 그러니까 방부제 처리를 해서 그런지 겉이 번쩍번쩍한 언어들을 보면서 혹여 썩는 능력을 우리가 잃어버린 것은 아닌가 하는 생각이 떠나지 않는다. 썩는다는 것은 살아 있음의 대립물이 아니라 다른 살아 있음으로의 이행일 텐데, 이는 꼭 물질 상태의 변화만을 가리키는 건 아닐 것이다. 아무튼 썩지 못하는 언어는 발화 주체의 자아만 살찌울 뿐, 다른 것들에는 아무런 도움이 되지 못한다. 반대로, 썩으면 눈에 보이지 않던 다른 것(새로운 리얼리티)을 드러낸다. 늦겨울 들판에 뿌려진 두엄이 흙과 섞여 봄날에 여린 싹을 더욱 싱싱하게 만들어주듯 말이다.

신자유주의가 우리의 정신과 영혼을 망가뜨렸다는 말도 있던데, 이참에 우리도 제대로 한번 썩으면 어떨까도 싶다. 사실 이 글도 우리가 사는 현실에 대한 비판이라기보다 반성문에 가깝다. 강의 물결이 물결을 부르듯 좋은 언어는 좋은 언어를 부른다는 생각이 자꾸 마음에 와 부딪힌다. 반성하지 않고는 배겨낼 수 없는 노릇이다.

# 장마

이번 장마에는 안양천이 붉은 물로 넘실댈까, 지금 온다는 태풍은 둑에 줄지어 선 나무를 몇 그루나 부러뜨릴까 하는 생각을 해마다 한다. 하지만 생각은 여지없이 말라가고 부러진다. 내게 심술이 가득해 자연재해를 바라는 것이 아니다. 언제부턴가 장마가 와도 비가 내리지 않고 태풍이 와도 변죽만 울리는 것이 이상하게 아쉬웠다. 물론 태풍이 자주 지나가는 남해안은 피해를 봐왔지만 그것은 내게 언제나 '뉴스'였지 구체적인 감각은 아니었다. 10여 년 전, 간밤에 지나간 태풍이 집 근처에 있는 골프 연습장 철제 기둥을 반으로 꺾어놨을 때, 나는 묘한 쾌감을 느꼈다.

일곱 살 무렵 장맛비에 전주천이 불었을 때, 떠내려오는 돼지도 보았고 부서진 오두막도 본 적이 있다. 전주천은 내가 다섯 살 때 동생을 삼킨 곳이다. 나는 아직도 당시 상황을 기억하고 있지만 다행히(?) 동생이 물에 빠지는 장면은 보지 못했다. 길모퉁이를 돌아 잠시 숨을 멈추고 동생이 있던 자리로 돌아가자 동생은 없고, 동생을 냇물에 떠밀었다는 악동 녀석들만 있었다. 불어난 물이 채 빠지지 않은 상태였다. 아마도 그해 비가 많이 오지 않았다면, 아니 그즈음에 내가 동생을 거기로 데려가지 않았다면 동생은 무릎이 깨지거나 팔꿈치가 긁히기만 했을 것이다. 저녁 무렵에 두려움에 떨며 집에 가자 좁디좁은 마당에 가마니로 덮은 동생이 있었고, 경찰관이 서 있었고, 무너지듯 주저앉아 오열하는 어머니가 보였다.

지금도 전주천에 가면 오열하던 어머니의 모습부터 떠오른다. 경찰관의 말이었는지 떠도는 소문이었는지 확실하지는 않지만 동생은 오목대 아래쪽에서 발견됐다고 한다. 나보다 두 살 아래였으니 살아 있다면 나처럼 오십이 갓 넘었을 것이다. 가끔 동생이 살아 있었다면 어떤 모습이 되었을까 상상하곤 한다. 아마도 동생과 나는 우애가 좋았을 것이다. 어릴 적에 혼자 노는 외로움도 덜했을지 모른다. 어쩌면 녀석이 나를 대신해 우리가 살아야만 했던 고약한 환경에 대들었을지도 모른다. 그러면 녀석을 뜯어말리며 내가 나서서 싸웠을까, 아니면 함께 울고 말았을까. 나 때문에 동생을 잃었다는 생각이 들 때면 나도 어쩔 수 없이 힘들어지곤 한다. 너무 오래된 일이라 동생 얼굴도 떠오르지 않지만 다섯 살 위 누이가 대신 그때를 말해준 적이 있다. 어머니가 며칠을 실성한 듯 우는 게 무서워 자신은 친구 집에 가서 잤다고. 그리고 그때 나는 다섯 살이었다고.

삼례에 살 때는, 장마철만 되면 가까운 들녘이 물에 잠기곤 했다. 동네의 아랫녘에 있던 집은 무너져내리고 말았다. 지금은 노인회관이 들어서 있는데, 그 집이 무너지고 나서 다시 집을 올리지 않고 한동안 밭으로 남아 있었다. 그해 장마 때, 동네 형들은 큰 튜브를 챙겨서 다른 동네 사람들을 구조하러 갔다. 어른들이 말렸지만 도리어 어른들에게 대들던 고등학교 3학년짜리 영웅들. 거센 물줄기를 거침없이 헤엄쳐 건너오더니 다급하게 튜브를 찾았다. 그 형의 아버지가 큰소리로 말리자, 대뜸 지금 사람들이 죽게 생겼는데 가만히 있으란 말이냐며 늙은 아버지를 쏘아붙이던 장면이 떠오른다. 튜브를 들고 다급하게 뒷산 쪽으로 달려가던 벗어부친 등짝들이 지금도 눈에 선하다.

장맛비가 퍼부으며 밤새 벼락을 치던 어느 여름밤에 나는 잠이 들지 못하고 무서워서 뒤척이기만 했다. 모기장을 바른 뒷문으로 보이는 뒤란이 벼락이 칠 때마다 환해졌다가 어두워졌다가 했다. 군대를 막 제대한 동네 형이 강둑을 걸어오다가 벼락에 맞아 죽은 날 밤이었다. 외양간에서 끄집어낸 소의 배설물과 뒤섞인 짚무더기를 두엄더미 위에다 막 퍼올리는 순간 엄청난 벼락이 쳤다. 순간 나도 모르게 몸을 낮췄다. 남의 집 논에 김매러 가신 어머니 생각이 나서 우산을 챙겨들고 회관 앞서 어머니를 기다릴 요량이었는데, 다른 집에서 어머니가 급히 나오시며 어서 집에 들어가라고 손짓부터 했다. 강둑에는 사람들이 몰려 있었고, 쓰러진 이의 동생이 신발을 벗어들고 뛰어가고 있었다. 어머니는 내가 건네는 우산을 받아들며, 그 형이 벼락 맞은 사실을 말해주면서 내 등을 떠밀었다. 하얀 공포가 어머니 얼굴에 가득했다.

며칠 동안 마을은 슬픔에 휩싸였다. 아들 다 키워놓자 하늘이 데려갔다고 다들 가슴 아파했다. 그 형은 유머가 많았고, 또 꼬맹이들 놀리기를 좋아했다. 전주공단에 있는 어느 공장의 취직 결정을 듣고 귀가하던 길이었다. 유머가 많은 사람들이 그렇듯이 그 형은 매사에 느긋했고 낙관적이었다. 그런데 그게 화를 불렀다. 비가 몰려와서 다들 종종걸음을 치는데 혼자 여유를 부리며 강둑을 걸어오다가 벼락이 혁대의 버클을 때린 것이다. 어머니는 착한 사람은 하늘이 먼저 데려간다고 슬퍼하셨는데, 어쩌면 7~8년 전에 잃은 아들 생각을 하셨는지도 모른다. 당시에는 거기까지 생각하지 못했지만 지금 생각으로는 분명히 그러셨을 것만 같다. 그 형을 하늘로 데려가고 이틀은 종일 비만 내렸다. 죽음을 모르던 나이라서 그런지 죽음은 언제나 무서웠고 상여만 나가도 속이 울렁거렸다. 벼락이 번쩍번쩍할 때마다 그 형이 나타날 것만 같았다. 장가를 안 갔으니 상여가 나가서는 안 된다는 마을 어른들의 반대에 친구들이 맞섰다. 한참 실랑이를 하다가 대신 꽃을 얹지 않기로 타협을 봤다. 죽은 아들을 화장 안 하고 밭귀때기에 묻었다고 어머니가 한마디하셨다. 그 어멈은 자식 무덤을 끼고 살 모양이네. 왜 모르겠는가, 안타까워서 하시는 말임을.

마을을 떠나 도시 생활을 하면서 장마나 태풍은 이제 창밖 풍경이 되고 말았다. 피해 소식은 텔레비전 뉴스에서 어김없이 흘러나오지만 이제 내 몸에 감기던 두려움도 나를 떠난 지 오래다. 자연은 인자하지 않다는 말도 있지만 우리는 이제 그런 금언도 책을 통해서 배운다. 인자하지 않다는 말은 잔인하다는 뜻이 아니다.

장마나 태풍이 지나간 자리는 또다른 풍요를 안겨주기도 했다. 강물은 넉넉해지고 전주 시내에서 흘러온 이런저런 것들을 싹 쓸어가버려 맑게 빛났다. 꼬맹이들은 그 강을 헤엄쳐 건너가서 아직 간신히 붙어 있는 참외 쪼가리들을 주워먹었다. 두어 개는 헐렁한 속옷 안에 욱여넣고 다시 강을 건넜지만 빨라진 물살에 자꾸 속옷이 벗겨져서 참외를 버려야만 했다. 그렇게 두려움과 또다른 풍성함을 몸에 둘러주던 장마였다.

정말이지 한동안 안양천은 역동성을 잃었다. 장마가 와도 비가 내리지 않고, 태풍이 닥쳐도 모두가 안전하니 냇물도 힘이 빠진 모양새이다. 있었던 모래섬이 사라지고 새로운 모래섬이 생기는 과정을 나는 알고 있는데, 불었던 물이 조금씩 줄면서 모래 무더기가 만들어지면 그다음에는 푸르스름한 이끼나 곰팡이들이 모래밭에서 뒹굴기 시작한다. 그러면 차츰 작은 풀씨들이 날아와 자라고 무성해진다. 다음해에 내린 비로 모래섬이 다시 물살에 쓸려가면 이제는 허리가 꺾인 풀들이 다시 일어서기도 한다. 물론 이런 과정이 똑같이 되풀이되는 건 아니다. 어쨌든 그렇게 반복되는 것을 지켜보면서 지치지 않는 반복을 가능케 하는 작은 것들을 떠올리고는 했다. 반대로, 그 작은 것들이 자연을 반복시킨다고 해야 할까. 자연은 이런 반복의 바퀴를 스스럼없이 굴릴 뿐, 다른 뜻을 가지지 않는다. 어쩌면 자연에서 의미를 찾아내려는 인간의 의식이 두려움이라는 원초적인 감정을 말살했을 수도 있다.

그런데 두려움을 다시 불러내는 것은 악마적인 주술인가? 그 두려움이 누군가에게 위해를 가하고, 또다른 목적을 노리는 것이라면 그렇게 부를 수도 있을 것이다. 자연에서 얻는 두려움이 사라지면서 어떤 일이 일어났는가를 떠올려보자. 자연에 대한 두려움이 공동체를 만들고 급기야 도시를 만들었다고 하지만, 이제는 우리가 자연에 대한 두려움을 추방한 대가를 톡톡히 치르고 있는 것은 아닐까. 그것은 우리를 엄습한 바이러스의 형태로 나타나기도 하고, 시베리아 동토층이 사라지고 있는 데서도 입증된다. 이렇게 우리의 발밑이 내려앉고 나면 우리는 어디를 딛고 살 수 있을까. 그런 면에서 지금 우리가 회복해야 할 것은 자연에 대한 두려움이라는 원초적인 감정일지도 모르겠다. 거대한 빌딩과 잘 짜인 도로망도 결국 발밑이 내려앉으면 아무런 의미도 없어진다. 의미의 반대쪽에는 무의미가 있는 것이 아니다. 인간이 찾는 의미는 언제나 허무와 비탄을 품고 있다는 사실을 우리는 안정을 위해서 밀쳐두지만, 자연은 두려움을 통해 그것을 가르쳐준다.

올 장마에는 남몰래 울어도 들키지 않을 만큼 비가 내렸으면 좋겠다!

# 집 이야기

어릴 적에 살았던 집 중 지금 남아 있는 곳은 두 군데이다. 또다른 한 곳이 더 있었는데 당시에는 초가집이었던 그 집은 확인해보지 않았지만 당연히 헐렸을 것이다. 나는 그곳에서 호롱불을 경험했다. 두 군데 중 한 곳은 전주에 있는 국립무형유산원 맞은편 산기슭에 아슬아슬하게 걸쳐 있다. 몇 년 전 조카 결혼식이 있어서 끝나고 그 근처를 갔다가 아직도 남아 있는 게 신기해서 사진에 담아오기도 했다. 동네 가운데로 도로가 났는데도 동네 가장자리에 자리잡고 있어서 살아남은 것 같았다. 하루종일 어둑한 집이었다. 산 아래쪽을 바라보지 않고 옆으로 돌아앉은 집인데다 정면은 앞집의 옆구리를 향하고 있었다. 산으로 조금 올라가면 작은 무덤 하나가 있었다. 학교 끝나고 아무도 없는 집에 들어선 어느 날은 다람쥐가 상수리나무

위에 앉아 나를 빤히 바라보기도 했다. 빛이 들 만한 방향은 죄다 막힌 꼴인데, 새로 난 도로에서 보면 회를 바른 옆구리만 보였다. 반갑기도 했지만 그 모양새가 예전과 다름없이 허름하고 쓸쓸해서 찾아가볼 용기는 나지 않았다.

또 한 곳은 삼례의 만경강가 마을 비비정에 있는 집이다. 처음 그 집에 이사왔을 때는 천장이 없고 바로 슬레이트였다. 그러니까 벽만 세우고 지붕으로 슬레이트만 얹은 꼴이었다. 당연히 다른 집보다 여름에는 더 덥고 겨울에는 더 추웠다. 한 해가 지나고 스티로폼을 이용해 천장을 만들었지만 밤이면 쥐들이 올림픽 경기를 하는지 시끄러워서 잠을 자기 힘들었다. 살면서 조금씩 보수해서 나중에는 제법 모양새가 잡혔지만 엉성하기는 마찬가지였다. 그래도 나는 그 집에서 세번째 옮긴 국민학교를 졸업했고 중학교까지 마쳤다. 내게 마당에 대한 서정이 있다면 아마 그 집에서 싹텄을 것이다. 집은 그랬지만 마을 앞으로 강이 흐르고 있어서 지금은 강이 내 집이었던가 하는 생각도 없지 않다. 비비정은 조선시대 때 지어진 정자 이름인데, 내가 뛰어놀던 시절에는 흔적도 없다가 나중에 자치단체에서 복원했다. 지금은 가끔 산책 나오는 사람들이 들르곤 한다.

비비정 마을은 만경강을 벼랑 아래로 두고 있어서 이런저런 개발이 안 되었다면 고즈넉한 풍광이 살아남았을 테지만, 새 전라선 철로가 바짝 당겨앉는 바람에 옛 풍광도 사라지고 말았다. 비비정이 복원되기 전 그 자리에서 보던 저녁노을을 나는 아직도 잊지 못한다. 지금 그 집에는 나의 의붓형이 살고 있다. 슬프게도 가까이 살아도 왕래를 못하게 돼서 나도 선뜻 그 집에 발을 들이지 못하고 있다. 언젠가는 한번 들러볼까 하다가 마음을 접었는데, 돌이켜보니 마음을 접게 한 이유는 다른 데에 있었다. 그동안 실제 이유를 나 스스로 억누르고 있었는지도 모른다. 그 집에 가면 지독한 슬픔이 구렁이처럼 어둠 속에 웅크리고 있다가 나를 덮칠 것만 같았던 것이다. 그게 무엇인지 여기에서 길게 말하고 싶은 생각은 없다. 다만 아직 남아 있는 두 집이, 다른 시인들처럼 향수의 대상이 되지 못한다는 게 아쉬울 뿐이다.

서울에 뉴타운 열풍이 불던 때, 같은 구역에 모여 있지만 단지가 다른 옆 아파트가 리모델링 문제로 심각한 갈등에 휩싸인 적이 있다. 어떻게 리모델링을 통해 평수를 늘리겠다는 건지 의아해서 알아봤더니 베란다 쪽에 있는 화단을 없앤다는 것이었다. 그 아파트에 사는 친구에게 내가 좀 뾰로통하게 말한 적이 있다. 집이라고 하면 누구나 현관문 안쪽의 내부만 생각하는 경향이 있는데, 집은 베란다 아래 화단까지, 아니 길과 하늘과 아이들의 노는 소리까지…… 아무튼 그런 것까지 포함하는 것이라고 말이다. 화단이라고 해서 무슨 꽃밭이 조성되어 있는 것은 아니다. 감나무나 목련나무, 대추나무 몇 그루가 듬성듬성서 있고 나머지는 그냥 풀밭이었다. 오래된 아파트 나름의 여유라고도 할 수 있었는데, 그 풀밭에 봄이 되면 여러 들꽃이 피었다. 새삼 꿀벌의 몸이 예쁘다는 것을 알게 된 것은 꽃술에 머리를 박고 꿀을 따는 모습을 보면서였다.

다행인지 불행인지 리모델링으로 인한 갈등은 상처만 남기고 일단락되었다. 그리고 몇 년 지나서 우리가 그 아파트로 이사가게 되었다. 아이들의 몸집이 커가면서 살던 집이 너무 비좁아졌기 때문이다. 공간이 부족해지니 남매는 툭하면 다투곤 했다. 그래서 고민 끝에 옮기게 된 것이다. 2~3년 전엔가는 전지작업을 한다며 나뭇가지를 죄 잘라버리고 말았다. 강퍅한 성격을 못 이기고 관리사무소를 찾아가 난리를 피웠는데, 주민들이고 관리사무소 직원들이고 나무 자르는 일에는 무감해 보였다. 나는 그게 또 화가 나서 한층 사납게 굴었던 것 같다. 그들이 들이미는 이유가 어이없다못해 억지스럽기까지 했다. 결국 한 2년을 말뚝이 된 나무만 보고 살아야 했다. 그렇게 전지작업을 한다며 나무를 말뚝처럼 만들어버리는 일은 근처 다른 아파트들로 번져나갔다.

내가 선뜻 찾아가지 못한 전주의 집도 집 자체만 보면 블록으로 지은 오두막에 불과했지만, 집을 나서면 전주천이 흐르고, 뒷산에서는 칡을 캐먹기도 했다. 그 집은 어머니에게 말할 수 없는 수모와 상처를 주었다. 하지만 돌이켜보니, 그것들이 지금의 내가 되었구나 하는 생각이 들 때가 많다. 전주천변에 지천으로 피던 토끼풀꽃도 눈에 선하고 전주천에서 다슬기를 잡던 일이며 동네 형들을 따라 어항을 가지고 피라미를 잡던 일도 기억난다. 어머니가 두 살 더 먹은 내게 맡긴 어린 동생을 비록 전주천에 떠내려보내고 말았지만 가끔 내가 시라는 것을 쓰게 된 것도 그 시간 때문이 아닌가 싶기도 하다. 전주천에서 뒹굴던 꼬맹이는 소년이 되어 만경강에 도착했다.

이명박 정권이 4대강 사업을 한다고 할 때, 그게 그렇게 화가 나고 그랬던 것은 전주천과 만경강에서 보내면서 얻은 물의 영혼 때문이 아닌가 했다. 어느 하루는 만경강이 우는 꿈을 꾸기도 했는데, 일어나 그게 꿈이라는 것을 알면서도 울었다. 마당에 가득찬 강의 울음에 꿈에서도 울고 일어나서도 울었던 것이다. 요즘에는 집이라고 하면 고작 부동산에 지나지 않아서 평당 가격이나 들먹이고 교통의 편의와 인근의 학군까지도 따지지만, 집은 우리에게 영혼을 만들어주는 곳이다. 물론 그 영혼이 밝고 따뜻하지만은 않을 것이다. 그러한 '천국'은 어디에도 존재하지 않으며, 존재할 수도 없고, 심하게 말하면 존재해서도 안 된다.

영혼은 무엇보다도 물질이 만들어준다. 그것도 살아 있는 물질이 만들어주는 것이다. 거기다 살아 있는 물질 곁에서 함께 존재하는 무기물질이 거들어준다. 프시케가 에로스의 연인인 것은, 에로스는 프시케(숨, 영혼)와 결합되어야만 존재할 수 있기 때문이다. 그러나 영혼으로서의 프시케는 몸을 아우르는 뜻을 가진다. 고대 그리스인들은 영혼을 몸, 즉 생명과 같은 것으로 봤다. 몸이 없으면 영혼은 홀로 설 수 없기 때문일까. 결국 우리의 영혼도 몸과 함께 있고 몸은 다른 몸과 연결될 때에만 그나마 가까스로 살 수 있는 것이니 영혼이란 개체 단위를 넘어서는 무엇일 게다. 그렇다면 살아 있는 것들과 함께 있지 못하는 사람의 몸-영혼이 불구 상태인 것은 자명한 사실이 된다. 집과 집을 에워싼 살아 있는 물질이 없는 '부동산'은 사람들과 함께 영혼을 이루지 못한다. 결국 '부동산'은 사람의 영혼을 망가뜨리고 영혼이 망가진 사람들은 부동산에 더욱 탐닉하게 되어 있다.

다음 기회에는 아직 남아 있는 '두 집'을 찾아갈 수 있을까. 아마 불가능할 것이다. 프시케는 아프로디테의 질투 때문에 에로스를 떠났다가 다시 돌아왔지만, 시간을 견디지 못한 옛집을 만나면 도리어 나의 프시케는 손상될 것만 같다. 그리고 이것은 단지 예감만은 아닐 것이다. 중요한 것은 이 프시케를 잃어버리지 않고 현재를 살아가는 것일 게다. 집은 사라지고 부동산만 넘쳐나는 현재를 말이다. 현재가 부동산만 넘쳐난다고 해서 프시케가 불가능하다는 것은 허무주의에 지나지 않는다. 프시케는 버려지고 은폐되어 있는데, 이 가여운 존재를 찾으려 헤매는

일 또한 시의 몫이 아닌가 하고 서쪽 하늘에 노을이 번진다. 일
을 마치고 돌아가는 길에 술집을 지나칠 수 없는 이유도 여기
에 있다.

# 자격증 두 개

1987년 2월 학교 졸업식을 마치고 나는 동기 한 녀석과 함께 포항 시내의 한 중국집에 앉았다. 아마 그즈음 그와 가까웠다는 단순한 이유가 컸을 것이고, 둘 다 졸업식장에서 별로 빛이 나지 않는 존재여서일 수도 있다. 아무튼 나는 그 흔한 개근상이나 정근상도 없이 졸업장 한 장만 달랑 받았다. 3년 동안 기숙사에서 공동생활을 해야 했던 학교생활의 특징 때문에 3년 개근상이나 정근상이 더 흔했는데 나만 유독 졸업장 한 장이 전부였던 것은, 3학년 때 학교를 탈출(?)하려고 했기 때문이다. 그 탈출이 미수로 그쳐, 나는 나머지 시간을 심드렁하니 버티면서 지냈다. 지금은 잘 모르겠지만, 내가 다닐 때만 해도 공업계 고등학교 3학년 2학기가 되면 필기시험을 면제해주는 의무검정 제도가 있었다. 기능사2급 자격증이라도 따서 졸업하라는 교육당국의 배려였던 것인지, 3학년 1학기까지 공부했으니 이제 약간의 이론은 구비했다고 간주해주는 것인지 그 취지를 잘 모르겠는 제도였다. 하지만 나는 그것마저 응시하지 않았다.

2학년 때 취득한 두 개의 자격증이 있어서이기도 했지만, 자격증을 따고 나서 어떤 회의감이 밀어닥쳤기 때문이다. 지금 생각해보면 무슨 계기가 있었는지 자세한 기억은 없다. 다만 기능사2급 자격증이 우리를 속이고 있다는 생각이 돌연 찾아왔고 그 기만행위에 끌려가지 말자는 오기를 부리고 싶었던 것 같다. 자격증을 아무리 많이 따도 내 처지와 신분은 달라지지 않는다는 '철'이 들었던 것일까. 아무튼 그런 연장선상에서 학교를 그만두자는 결심을 했던 것도 같다. 그리고 무모하게 일을 저질렀는데, 그것도 두 번이나 그랬다. 그 경위를 여기서 미주알고주알 말할 필요는 없을 것 같아 건너뛰겠지만, 아무튼 나는 그뒤로 선생님의 눈 밖에 났다. 두 명이 의무검정 원서를 내지 않았는데, 한 친구는 선생님에게 불려가 꾸지람을 듣고 응시하게 되었지만 나는 선생님이 부르지도 않았던 것이다. 사실 그 친구의 어떤 반항은 지금 생각해도 귀여운 데가 있다. 그런데 선생님이 정말 내 눈빛을 제대로 읽으신 것일까? 이미 고인이 되셨으니 뭐라 여쭤볼 수도 없고.

둘이 짜장면을 먹으면서 이런저런 이야기를 하다가 내가 먼저 물었다. 바로 직행터미널에서 집으로 가나? 녀석의 고향은 경북 상주였다. 나는 고속버스터미널로 가서 서울로 간다. 서울에 누가 있나? 누나집이 있는데, 당분간 거기 있으면서 구로공단에서 일 좀 할까 해. 니는 공부 좀 했으니 회사에서 좀 빨리 안 부르겠나? 그거야, 나도 모르지. 3학년 때 워낙 개판을 쳐놔서. 모교는 어떤 철강회사에서 운영하는 일종의 직업학교였다. 이번에는 내가 선생님한테 빌었다. 취직하게 해달라고. 선생님이 너한테 머라시던데? 내가 학교 그만둔다고 두 번이나 안 도망갔냐. 그것 때문인지 나더러 그러시더라. 규과이 니는 회사 들어가서도 그만둔다고 그럴 테제? 그래서, 안 그럴 거라며 빌었다. 취직해서 돈 벌어야 한다고.

지금 생각하면 담임선생님 입장에서는 좀 순종적으로 살라는 마지막 가르침이었을 테다. 결과만 말한다면 물론 나는 그렇게 살지 못했다.

1987년 3월에 구로3공단에 있는 어느 안테나 공장에 들어갔다. 고 박영근 시인이 작품의 제목으로도 삼았던 '취업공고판'이나 전봇대에 붙어 있는 구인 광고를 보고 연락해서 이력서 들고 면접만 보면 되는 간단한 절차들이었다. 냉기가 남아 있기는 하지만 햇살은 따뜻했다. 점심시간이어서 공단 거리에는 이런저런 색깔의 작업복을 입은 여공들이 와르르 웃으면서 지나가고 있었다. 나는 왜 그때 광경이 지워지지 않는지 모르겠다.

다들 20대 초반의 청춘이고, 어차피 같은 공단에서 일할 처지라서 서로 달떴던 것일까. 장시간 저임금 노동이기는 했지만 나는 스무 살 때 잠깐 일했던 공장의 추억이 그리 어둡지만은 않다. 공돌이, 공순이라 불렸던 내 마음의 동무들. 안테나 공장에 들어가자마자 나는 철야를 해야 했다. 아침에 출근해서 다음날 아침에 퇴근한 것인데, 내가 일한 주간조가 퇴근하고 야간조가 우우 몰려들어오던 기억도 또렷이 살아 있다. 얼굴이 하얗고 입술이 붉던 여자애도. 나보다 잘생긴 같은 조의 친구가 애인이라는 소식은 나중에 들었는데 신기하게도 그날 밤에 그 잘생긴 친구가 내게 다가와 인사를 청했다. 자기는 춘천기계공고 나왔다면서 말이다. 왜 자기소개를 하면서 출신학교를 밝히는지 그게 어색해서, 그래서, 어쩌라는 거야? 이런 생각이 들었다. 아니, 공고 나온 이가 둘뿐이라는 말인가?

예전에는 그냥 실업계 학교라고 불렸는데 지금은 특성화고니 마이스터고니 이렇게 부르는 모양이다. 학교들 이름도 각양각색이다. 예전에는 그냥 상고, 공고, 농고밖에 없었다. 아마도 직업이 다양해지면서 현실에 발맞춘다고 이름을 바꾸었는지 모르겠지만, 고작 '실업계'를 나와서 받을 대우는 더 나빠진 것만 같다. 철강회사에 1987년 8월에 들어가서 받은 칭호는 기능직이었다. 고등학교나 전문대 졸업자는 기능직이었고, 일반대학 졸업자는 기간직이라 불렸다. 4년 더 배웠으니 월급 조금 더 받는 것에 대해서는 불만이 없었지만, 그들이 올라갈 수 있는 지위는 활짝 열린 듯 보였고, 기능직은 젊은 계장 아래인 주임이 최고 자리였다. 현장에는 그런 늙은 노동자가 많았다. 어찌 그렇게도 군대 조직과 똑같았던지 지금 생각해도 웃음만 나온다. 짧게 다녔던 안테나 공장이나 동작구청 근처의 장난감 공장, 장승배기의 플라스틱 사출 공장 시절보다 철강회사 생활이 더 우울했던 것은 그런 신분제(?) 때문이었을지 모른다.

언젠가 한번 특성화고노조 활동가를 만나 점심을 같이 먹은 적이 있다. 커피를 마시면서 이런저런 대화를 나누다가 궁금해서 그에게 물어봤다. 그 활동가는 대학을 나와서 노조 간부들보다 나이가 한참 많다고 했다. 아무래도 특성화고 나온 친구들이 이래저래 주눅들기 쉬울 것 같은데 곁에서 보니 어떠냐고 물었다. 대답은 여지없었다. 그렇겠지. 예전에는 그래도 처지가 꽤 비슷해서 그나마 덜 외로웠는데, 지금은 그때에 비하면 눈에 보이지도 않는 존재가 되어 있을 거라고 항상 생각했다. 그들은 비非청년이 아닌가. (나는 지금 울분에 차서 이 글을 쓰고 있는 것이 아니니 오해 없기를 바란다.) 나도 어차피 이 비非청년들을 만들어낸 기성세대의 일원일 뿐이다. 아무튼 작은 것이라도 함께하고 싶다는 의견을 전했고 그는 위원장에게 전하고 답장을 주겠다 했는데 그뒤로 아무 연락도 없었다. 그에게 다시 연락하지 않은 이유는, 다른 사정도 있을 수 있을 테고, 자칫하면 내가 무슨 '사업'을 하려는 것처럼 보일 수도 있겠구나 싶어서였다.

지금 비非청년들의 심정과 내면을 나 역시 잘 모르기는 마찬가지이다. 그들의 시간과 내가 살아온 시간은 같은 것 같으면서도 엄연히 다르기 때문이다. 어쨌든 그전에는 활력이 있었다. 윗사람에 대한 뒷얘기나 반항에도 지금보다는 나은 활력이, 분명히, 있었다. 이 역시 경제성장 문제와 엮여 있는 것은 아닐까 싶지만 그저 짐작일 뿐 어떤 근거도 없다. 열심히 하면 잘살 수 있다는 막연한 바람이나 기대가 그때는 살아 있어서였을지도 모른다. 무너진 노동조합 재건 활동에 잠깐 참여하면서도, 쑥스러움은 있을지언정 두렵지는 않았다. 경제성장과 과학기술 문명, 그리고 점점 더 치밀하게 도시화되는 환경과 그 속에서 사는 우리의 내면은 분명히 연관이 있을 것이다. 나는 과학기술 문명과 도시화가 인간에게 무기력을 들이붓는다고 믿는 쪽이다. 노동조합은 이제 방어진지이지 공격을 위한 진영이 아니지 않은가. 그렇다고 연대와 우정의 공동체인가? 나는 잘 모르겠다. 내 경험에 지난 시절의 노동조합도 꼭 그런 곳은 아니었다.

남해안의 철강회사에서 있었던 이런저런 곡절과 개인적인 일들은 한 5년 만에 훌쩍 지나가버리고 다시 서울생활을 하게 됐지만, 이번에는 공단생활이 아니라 이른바 '화이트칼라' 노동자들 틈바구니였다. 노동조합을 향한 투지도 거세당하고 양복에 넥타이를 매고 다니는 이상한 몰골이 되었는데, 나중에 들으니 알아서 사표 쓰라는 이야기를 못 알아먹고 갓 낳은 아이를 데리고 서울로 올라왔던 것이다. 내가 서울생활 2년 동안 동료들과 말을 안 하고 지냈다면 사람들은 믿지 않는 눈치지만, 내 기억이 그런 것을 보면 설령 입을 열었더라도 마음의 빗장은 굳건했던 것 같다.

어찌 보면 고등학교를 절반쯤 다니다가 꿈이 생겼는지도 모른다. 그래서 현실이 시시해 보였고, 현실이 나를 속이고 있다고 판단했던 것 같다. 사실 현실은 나를 이중으로 속였다. 먼저 내가 개천의 미꾸라지가 아니라고 꼬드겼고, 그래서 조금 넓은 데로 나아가자 다른 물고기들이 너는 미꾸라지 맞아 하는 눈치를 준 것이다. 내가 미꾸라지든 아니든 조금 더 큰 강으로 나아가려는 욕망은 어쩌면 내가 속한 시대인 근대가 심어주었을 것이다. 어쨌든 강에서 자랐으니 바다는 그렇다 치더라도 가능한 한 센 물살에서 놀고 싶었던 것일지도 모른다. 돌아보면 내가 '비非'를 지향했던 것은 좋아서가 아니라 그럴 수밖에 없었기 때문이다. 그러다보니 '비非'들이 노는 자리가 편했을 것이고, 거기다 마음의 동무들도 대부분 그곳에 있었다.

지금은 어찌된 영문인지 그 '비非'에서 다시 다른 '비非'로 옮겨가고 싶은 열망이 있지만 아직도 1987년 스무 살 때에 잠깐 일했던 작은 공장들 생각에 잠기곤 한다. 같은 공장에 다니는 여자애와 연애하고 싶어 마음이 근질근질하던 공돌이 녀석과,

남자들은 화장을 좀 하는 여자를 좋아한대요 하고 괜한 농담을 했더니 다음날 입술이 짙어진, 나보다 두어 살 많은 여공이 있던 곳. 그해 6월, 서울시청 앞 광장에도 눈치가 보여 선뜻 나가지 못하고 싸구려 호프집에서 수다나 떨었지만 시대에 빚진 기분은 별로 들지 않았다. 공돌이와 공순이의 삶은 따로 있을 것 같은 예감을 공유하며 살아서 그랬던 것일까.

그리고 그때 딴 자격증 두 개는 한동안 여기저기로 굴러다니다가 몇 년 전에 결국 쓰레기통으로 들어갔다.

# 손 씻는 시간


코로나19 때문에 이런저런 일들이 연기되거나 취소되었다. 작년 가을에 낸 시집을 가지고 시에 대한 이야기를 해달라는 어느 마을 모임도 그중에 포함된다. 대구에서 확진자가 폭발적으로 늘어나기 전 일이다. 나는 모이는 사람들이 꺼리지 않는다면 조심히 진행해도 무방하다는 마음이었다. 과학적 근거의 유무와는 별개로 조금 더 의연해지고 싶어서였다. 무슨 종교처럼 시가 모든 사태를 해결해줄 전능을 가졌다고 믿어서가 아니다. 시는 육체의 질병을 치료해주지 못한다. 또 미래의 질병을 예방해주지도 못한다. 하지만 그 모든 것들을 가만히 견뎌낼 힘은 준다고 믿어왔고 지금도 믿고 있다.

지금은 서울의 한 교회에서 번진 코로나19 확진자가 수도권 여기저기에서 예상치 못하게 늘고 있어 다들 우울하기만 하다.

사실 과학자들 중에는 북극 빙하가 이미 돌이킬 수 없는 상태로 접어들었다고 하는 이들도 있다는데, 만일 그렇다면 기후위기는 변곡점을 넘어선 것일지 모른다. 이번 장마가 지독했던 것도 북극 빙하가 녹아서 형성된 고기압 때문에 장마 전선이 위로 올라가지 못해 벌어진 일이라니 이제 우리는 꼼짝없이 강제로 새로운(?) 시간을 살아야 하는지도 모른다. 코로나 바이러스의 창궐도 근본적으로는 기후위기를 야기한 인류의 무분별한 개발과 성장 노선 때문에 벌어진 일 아닌가.

〈경향신문〉 2020년 8월 26일자에 따르면, 기후위기와 정신건강 관계를 연구해온 캐나다 과학자이자 언론인인 브릿 레이는 기후위기로 인해 사람들이 불안증세에 시달리고 자살충동까지 느낀다고 주장했다는데, 이것은 너무도 당연한 인간의 감정 문제이다. 인간이 근대 이후 인간중심주의에 오염돼서 인정하기 싫은 것이지 지금도 자연을 접하지 못해 생긴 우울감이 심각한 상태라고 할 수 있다. 인류는 언제나 자연과 공생하면서, 아니 자연에서 태어나 인간 나름의 또다른 자연을 만들며 살아오면서 정서적 안정을 어느 정도 유지할 수 있었다. 하지만 자연이 예측 불가로 요동치는 상황에서는 인간의 정서도 함께 불안에 떠는 것은 당연한 일이다. 도리어 이런 이야기가 특별해진 상황이 비정상적인 것에 가깝다고 볼 수 있다.

스승인 수운 최제우가 대구감영에서 처형당한 뒤 무너진 교단을 재건해야 하는 중책이 주어진 해월 최시형은 첫번째 교조신원운동에서 무력을 택함으로써 다시 궤멸적인 상황에 처했다. 1871년 이필제의 난이라고도 불리는 영해 교조신원운동이 그것이다. 이필제가 해월을 몇 달에 걸쳐 설득해 일어난 이 무장봉기는 해월을 '최보따리'로 만든 결정적인 사건이었는데, '최보따리'는 평생을 도망자로 산 해월의 별명이다. 그뒤로 해월은 무력을 통한 문제 해결에 극히 신중을 기하게 되었고 이 때문에 1894년 갑오년, 전라도에서 일어난 농민봉기에 해월이 반대했다는 해석이 나오기도 했다.

해월이 경상도 북부와 강원도 일대에서 활동하고 있을 때 역병이 퍼진 적이 있다. 그런데 희한하게도 동학도들의 피해는 크지 않았는데, 당시에는 해월의 신통력 때문에 그랬다는 소문이 퍼졌다. 실상은 의외로 매우 단순했다. 해월은 동학도들에게 손을 잘 씻고 여럿이 모인 자리에서는 배설물을 꼭 땅에 묻으라고 했다. 이런 차분한 대응은 1894년 봉기 때 농민군의 규율로 나타나기도 했다. 이에 대해서는 동학농민군의 비판자였던 매천 황현도 기록을 남긴 바 있다. 겉으로 '질서'처럼 보이는 이런 모습은 단지 종교 지도자에 대한 순종 때문이 아니라는 여러 정황 증거가 있다. 새로운 세상에 대한 바람과 믿음에서 움튼 당시 동학도들의 의연함과 긍지가 없었다면 아마 불가능했을 것이다.

이성의 반대쪽에는 무엇이 있을까? 사람들은 맹신과 맹목을 먼저 떠올리겠지만, 이성이 무너진 자리에서 자라는 것은 두려움이다. 맹신과 맹목은 두려움이라는 뿌리에서 자라난 줄기와 이파리에 지나지 않은 것이다. 이성에 대한 오해 중 가장 커다란 것은 이성을 단순히 합리성으로 번역하는 것이다. 이것을 '도구적 이성'이라고도 부르는 것 같지만, 이성이 상상력과 연결되어 있다는 점은 자주 빠뜨리는 것 같다. 이성은 한낱 계획하고 계산하는 능력이 아니다. 우리가 서 있는 자리가 어디이고 우리가 바라보는 '먼 곳'이 무엇인지에 대해 돌아봄에 있어서 이성의 역할이 크다. 그러니까 우리가 바라보는 '먼 곳'은 낭만적인 몽상이 아니라 우리가 서 있는 자리를 바로 볼 수 있는 능력 위에서 상상되는 것이다.

사유하는 행위는 이성에 의한 것이지만, 사유를 촉발시키는 것은 상상력이고 이 상상력을 자극하는 것은 여러 감각기관에 관계된 인식 능력들이다. 외부의 사건이 인식 능력들을 뒤흔들면 그것을 이해하고 분석하고 기억하기 위해 상상력을 거쳐 사유 능력으로 이어진다는 철학적 주장도 있다. 결국 사유까지 도달하는 과정에서 이러한 연결 고리들에 전해지는 충격이 강한 만큼, 그에 따라 사유 주체가 감당해야 할 사유의 파고가 결정된다. 지금 우리에게 닥친 문제는 너무도 거대해서 우리로 하여금 무엇을 어떻게 해야 할지 모르게 만드는 특징이 있다. 이런저런 정책과 프로그램들이 있지만, 그리고 그 정책과 프로그램들이 정말 끈질기게 시행되어야 하지만, 기후위기에 대한 한 사람 한 사람의 근본적인 자각이 선행되지 않는다면 언젠가는 그 정책과 프로그램들이 기후위기를 더 가속화시키는 원인이 될 수도 있다.

자본주의 근대 문명이 역병처럼 우리의 내면을 사로잡고 있는 오늘날 시가 다시 호출되어야 한다면, 해월의 가르침대로 지금 사는 자리에서 손을 자주 씻고 어쩔 수 없는 배설물을 스스로 책임지는 일과 크게 다르지 않을 것이다. 손을 씻는 행위는 더러움을 닦아내는 것에 국한되지 않는다. 그것은 손 씻기 전의 시간과 이후의 시간을 생각하는 순간이기도 하다. 또 우리는 배설을 통해 몸안의 찌꺼기를 덜어내는 동시에 다른 것을 받아들일 상태를 육체적으로 준비하기도 한다. 손을 씻는 행위가 공중 보건의 맥락을 넘어서는 일도 시적 상상력을 통해서 가능하며, 그 전제 조건은 이성을 포기하지 않는 데에 있다.

여기서 이성을 포기하지 않는다는 것은, 인간의 삶 자체가 자연의 붕괴 앞에서 절대로 온전하지 못할 것이라는 경험과 감각을 되찾는 일이다. 부동산 문제를 해결하겠다고 그린벨트를 해제하고, 수도권에 새 아파트를 짓고, 거기에 주민들의 편의를 위해 도로와 지하철을 또 건설하는 주먹구구식 정책들은 자연에 대한 우리의 감각을 차단하는 역할을 할 것이다. 인간의 감각이 건강하지 않는 한 이성은 그만큼 병들게 되어 있으며, 병든 이성은 이성이라고 부를 수도 없다. 그렇게 되면 우리는 총체적으로 무기력한 삶을 살 수밖에 없고, 까닭 모를 불안과 우울 그리고 자살충동에 시달릴지도 모른다. 그렇게 되면 기후위기를 극복하기는커녕 그로 인해 펼쳐질 상황에서 야만이 등장하지 않으리라는 법도 없다. 내가 보기에는 우리는 이미 충분히 야만적인 상태에 진입해 있는 것 같다.

한 교회에서 시작된 코로나19 확진자의 증가를 끊임없이 정쟁화하는 정치권이나 그에 부화뇌동하는 정파 세력들도 문제이지만, 그 교회를 비롯한 일부(아니, 적잖은) 개신교 신도들의 비이성적 행태는 정말 신이라는 존재를 믿는 이들인지 의심하지 않을 수 없게 만든다. 그들의 신은 자신의 생명과 자기 가족들의 안위만 책임져주는 신이기 때문일 테다. 하지만 자신들의 교리대로 그들의 신은 모두를 사랑하는 신이며, 도덕적 타락에 진노하는 신이기도 하다. 만일 코로나19 바이러스가 신의 계시 혹은 언어라면 어쩔 것인가? 신의 언어를 목회자나 특정인만 해석할 수 있다는 오만은 둘째치고라도, 나는 그들이 신을 믿는 게 아니라 그냥 교회나 목사 중심의 '패거리'를 믿는다는 생각이 떠나질 않는다. 신을 믿는 것도 결국 이성의 문제인데, 그것을 팽개친 지가 사실 너무 오래되기는 했다.

하기야 인간이 이성적인 삶을 사는 게 얼마나 어려운 일이었으면 화이트헤드가 인간은 간헐적으로 이성적일 뿐이라고 했으며 스피노자는 그것이 드물고 힘들다고 했을까. 모든 고귀함은 영속적으로 우리에게 머물지 않는다. 우리는 몸을 가진 인간이기 때문에 그렇다. 오직 가끔씩 도달할 수 있을 뿐인데, 중요한 것은 그 빈도를 점차 높이는 일임과 동시에 한번 찾아온 고귀함을 가능한 한 오래도록 자신에게 머물게 하는 일이다. 그러나 이성과 상상력은 알려진 바와 같이 개인의 능력이 아니다. 인간은 타자와 만나는 일을 통해서만 이성과 상상력이 활발해지는 존재라는 사실을 우리는 자주 놓친다. 지금과 같은 재난의 복판에서는 더욱 그렇다.

# 허공은 누구의 것인가

집에서 전철을 타려면 다리 하나를 건너야 한다. 그 아래로 흐르는 냇물은 예전에는 냄새가 지독했지만 지금은 오리들이 날고 왜가리가 물고기를 날렵하게 잡아먹는 곳으로 변했다. 흰 뺨검둥오리는 냇물의 오랜 주민이고 겨울철에는 쇠오리가 잠깐 찾아오기도 한다. 길을 잃었는지 아니면 가출을 한 건지 갈매기가 보이기도 한다. 4~5월이면 잉어들이 나타나 다리 아래쪽 여울목에서 헤엄도 친다. 어떤 녀석들은 뭉쳐 다니면서 장난을 치느라 몸과 몸이 뒤엉키는 장면을 연출하기도 한다. 잉어들이 나타나면 다리를 오가는 사람들이 잠시 발걸음을 멈춘 채 그 광경을 바라보곤 한다. 다리를 떠받치는 교각 사이의 틈에 비둘기집이 있는지 몇 해 전에는 새끼 비둘기를 입에 문 까마귀가 가로등에 앉아 있는 것을 목격하기도 했다. 다리 위는 인간의 공간이지만 그 아래 냇물 주변은 인간이 참견해서는 안 되는 곳이다. 까마귀 주둥이에 작은 핏덩이가 대롱거리는 것을 보고 잠깐 연민이 들었지만 그마저 서둘러 접어버렸다.

다리를 다 건너면 높디높은 건물들이 앞을 꽉 막고 있다. 마치 막다른 골목을 맞이하는 기분이랄까, 아무튼 그렇다. 그곳은 예전에는 공단 지역이었다. 제일 마지막까지 남았던 공장이 전철역 바로 옆의 '영진금형'이었는데, 결국 작년에 공장이 철거되고 지금은 공터로 남아 있다. 아마 곧 그 자리에도 낮지 않은 건물이 들어설 것이다. 아무려면 서울 시내의 조용한 땅을 가만둘 리가 없다. 낡았지만 단단해 보이던 영진금형 건물이 헐리기 전, 옥상에 묶여 있던 하얀 개 한 마리가 떠오른다. 공장들이 어디론가 사라지고 들어찬 높은 건물들이 이제는 그럼 별다른 공간이냐면 그렇지도 않다. 업종이 변해서 그렇지 공단 시절에는 수평으로 북적였던 노동자들이 이제 수직으로 뒤엉켜 있다. 출퇴근 시간에 많은 노동자들이 전철역을 통해 왈칵 쏟아지고 우우 몰려든다.

냇물 근방은 기형도 시인의 1985년 〈동아일보〉 신춘문예 당선작 「안개」를 낳은 공간이다. 시인이 "샛강"이라고 부른 것은 냇물이 조금만 달려 내려가면 한강에 닿기 때문일 것이다. 이 시는 이렇게 시작된다. "아침저녁으로 샛강에 자욱이 안개가 낀다." 이 음울한 리얼리즘 시에는 "한밤중에 여직공 하나가 겁탈

당"하거나 "방죽 위에서 취객 하나가 얼어" 죽는 아픈 사건이
담겨 있다. 이런저런 일들을 "안개의 탓"으로 말하지 않고 "개인
적인 불행"으로 돌리기는 하지만, 1985년 즈음의 사회적 분위
기를 감안해보면 조금 다르게 읽을 수도 있다. 시인은 나지막하
게 "누구나 조금씩은 안개의 주식을 갖고 있다"고 말하는데, 나
는 그 말이 우리는 누구나 역사적 존재임을 말하려는 것 아닐
까 하는 생각이다.

사실 기형도 시인이 그린 시대의 초상화는 자본주의 근대
문명의 그림자, 아니 근대 문명 그 자체에 대한 것일지도 모른
다. 시는 부지불식간에 시의 의도를 벗어나 전혀 다른 것을 짚
어줄 때가 있다. 내가 이런 거창한(?) 독해를 한 것은 다음과 같
은 대목 때문이다. "상처 입은 몇몇 사내들은/ 험악한 욕설을
해대며 이 폐수의 고장을 떠나갔지만/ 재빨리 사람들의 기억에
서 밀려났다." 교환가치가 사라지면 내팽개치고 잊어버리는 게
근대 문명의 본질에 가까운 것이니까. 그럼에도 불구하고 "아이
들은 무럭무럭 자라 모두들 공장으로 간다". 사실 여기서 기형
도의 헤어날 수 없는 절망이 섬뜩하게 빛난다. 한때 기형도 시
인을 잘못 읽은 적도 있어서 이제는 볼 수 없게 된 시인에게 마
음의 빚을 진 느낌도 없지 않다. 기형도를 처음 읽은 때는, 그와
내가 만나기 쉽지 않은 시대이기도 했다. 그리고 그는 너무 빨
리 갔다.

예전에는 이 공단에 여공들이 참 많았었다. 스무 살 때에 옆 공단의 어느 공장에서 잠깐 일한 적이 있는데, 저임금이나 장시간 노동, 그리고 회사 관리자들의 모욕적인 태도와는 별개로 웃음이 많았었다. 나는 가끔 그녀들의 웃음을 떠올리면서 우리는 지금 어디에 와 있는 걸까 하는 생각에 빠져들곤 한다. 그럴 때마다 알 수 없는 감정이 올라온다. 나아진 것 같은데 제자리 같고, 제자리 같은데 망가진 게 너무 많다는 느낌 때문이다. 삶에든 역사에든 대차대조표는 있을 수 없는 일이지만, 나도 모르게 대차대조표를 상상해본다.

예전에는 다리를 건너자마자 오른쪽으로 택배회사 물류 창고가 있었고, 그전에는 작은 공장이 자리잡고 있었다. 아침 8시가 조금 넘으면 노동자들을 공장 마당에 줄 세워놓고 국민체조를 시켰다. 그 광경을 보면 참 못마땅했는데 30층 가까이 되는 건물이 들어서자 난데없이 그 시절이 그리워지는 난감한 감정에 휩싸이곤 한다. 그 난감한 감정의 원인은 허공이 사라지고 있다는 사실 때문일 것이다. 냇물을 건너는 다리 위에서 잠깐 느꼈던 상쾌함이 고층 건물들이 드리운 그늘 안으로 접어드는 순간 갑갑함으로 돌변하고 말기 때문일 것이다.

물론 옛 공단 부지에 높은 건물이 들어선 것은 어제오늘 일이 아니다. 돌이켜보면, 국제통화기금(IMF)의 구제금융을 겪기 전부터 공단의 업종은 빠르게 변하고 있었다. 공장들이 하나

둘 떠나고 대신에 높은 건물들이 들어서기 시작했다. 내 경험의 범위 내에서 그것의 화룡점정은 바로 다리를 건너자마자 맞게 되는 이 고층 건물들인 것이다.

냇물 위는 어쩔 수 없이 허공이다. 그리고 수면 위를 스치듯 날아가는 왜가리의 몸짓이 아침 햇빛에 반짝이기도 한다. 나는 이들이 허공의 주인이라고 생각하다가도 냇물 위로 쏟아지는 눈송이나 굵은 빗방울들을 보면 눈송이나 빗방울이 주인인가 하는 생각으로 바뀐다. 특히나 눈송이들은 곧바로 내려오지 않고 허공에서 몇 번의 공중제비를 하는지 모른다. 옆걸음도 쳤다가 다리 아래를 지나는 바람 때문인지 위로 솟구치다가 멀어지기도 한다. 그것을 오래 바라보고 있으면 인과관계에 충실하던 감각과 의식도 순간 뒤집히곤 해서, 몰려오는 현기증에 눈길을 돌려야만 한다. 그렇다면 허공의 주인은 이들 모두인가? 나는 지금 출근길 풍경에 대해서 주로 말하고 있지만, 퇴근길의 붉은 노을과 냇물에 내리는 감청색이 도는 어둠을 당연히 제외시킬 수는 없다.

정확한 근거가 있는지는 모르겠으나 서울에 자주 출몰하는 미세먼지가 고층 건물의 영향 탓이라는 말도 들었다. 서울 시내에 빽빽하게 들어선 고층 건물들이 바람 길을 막아 미세먼지가 바람을 따라 빠져나가지 못한 채 서울 하늘에 머물러버린다는 것이다. 전국적으로 미세먼지가 아우성인 것을 떠올려보면 그리 신빙성 있어 보이지는 않지만, 고층 건물들 때문에 바람이 막히거나 바람 길이 바뀌는 일은 상식적으로 생각해도 충분히 있을 수 있는 현상이다. 그것은 한강과 가까운 지역에서 살거나 일을 하고 있는 이들이라면 경험적으로 느낄 수 있는 것이기도 하다. 설령 미세먼지에 끼치는 영향이 아주 미미하다고 하더라도 본질적인 것은 그게 아니다.

허공을 고층 건물들이 차지해버린 현실은 사람의 마음에도 그림자를 드리운다. 우리는 가끔 어떤 막막함과 답답함에 사로잡힐 때 무의식적으로 하늘을 바라보기도 하는데, 어쩌면 광활한 허공에 자신의 시간을 비추어봄으로써 지금 겪고 있는 일과 그것에 대한 마음을 덜어보려는 무의식일 것이다. 그때 보이는 것이 사각형의 높은 건물이라면 우리의 막막함과 답답함이 더해지면 더해졌지 덜어지지는 않을 것이다. 사실 허공을 본다는 것은 있을 수 없는 일이다. 허공은 본래 보이지 않는 것인데, 그 보이지 않음이 우리의 고통과 그것으로 인한 감정의 무게를 덜어주는 것은 아닐까. 그러니까 우리가 겪는 사건은 대자연의 지평에서 보면 결국 먼지 같은 것이라는.

그런데 고층 건물이 허공에 가득한 상태에서도 사랑이 가능할까? 설령 가능하다고 해도 그것은 수직으로 솟은 고층 건물들만큼이나 수직적이거나 기하학적인 것은 아닐까? 물론 사랑이라는 감정은 사랑하는 사람이 있어야만 확인되는 것이지만,

반대로 사랑 같은 감정도 우리가 사는 공간에 큰 영향을 받는다고 나는 믿는 쪽이다. 고층 건물들이 허공을 무단 점유한 이유는 공간 활용에 따른 경제적 효율성 때문일 테고, 그것을 따지는 내면에 다른 사람에 대한 존중과 배려, 애틋함이 싹틀 리 없을 것이다. 그런 마음은 고층 건물의 주인인 건물주들의 것이지 평범한 사람들과는 무관한 문제라고 따질 사람도 있을 것이다. 하지만 인간은 지금 살고 있는 공간과 시간에서 자유로울 수 없는 존재이며, 도리어 공간과 시간에 의해 직조된 존재라고 부를 수 있다. 따라서 경제적 효율성이 짜놓은 구조 안에서 살다보면 우리도 효율성의 노예가 될 수밖에 없는 것이다.

이제는 누구나 고층 건물의 주식을 갖고 있는지 모른다. 물론 그 주식은 소유물이 아니라 사용권에 가깝지만 말이다. 그래서 공단이 기형도 시인에게 줬던 아픔이 다르게 되풀이되고 있는 것만 같다. 허공을 새와 바람과 눈송이에게서 빼앗은 뒤부터 말이다. 노을을 막아서기 시작하면서부터 말이다.

# '노동자 인문학'은 왜 없는가

　노동절의 탄생 기원이기도 한 1886년 5월 1일의 미국 노동자 파업에는 역사적 맥락이 꽤나 길게 그리고 복잡하게 드리워져 있다. 가까이는 1877년의 공황과 그에 따른 노동자들의 격렬한 파업이 있었다. 볼티모어에서 발생한 파업 노동자와 주 방위군 간의 무력 충돌에 이어 펜실베이니아의 피츠버그 철도 노동자들의 파업이 일어났다. 피츠버그 철도 노동자들의 파업 때는 필라델피아의 군대가 개입해 충돌이 벌어졌는데 그때 사망한 노동자가 10여 명이나 되었다. 그런데 그 대다수는 파업 당사자인 철도 노동자가 아니라 다른 공장의 노동자들이었다. 이는 한층 더 격렬하고 규모가 큰 저항과 봉기를 불러일으켰다.

　세인트루이스에서는 노동자당을 중심으로 총파업이 일어났다. 역사학자 하워드 진이 인용한 데이비드 버뱅크에 따르면 세인트루이스 상황은 다음과 같았다. "1877년 당시 미국의 어떤 도시에서도 미주리주 세인트루이스만큼, 오늘날의 표현대로 하자면, 노동자 소비에트의 통치에 근접했던 경우는 없다." 마르크스도 미국 노동자들의 파업을 예의주시하고 있었다. 그는 '패배'를 예감했지만, 결코 비참함을 자신이 말한 패배에 포함시키지는 않았다. 하워드 진은 1877년을 "19세기의 나머지 기간을 알리는 일종의 신호탄이었다"고 적었다.

남북전쟁 이후 미국의 경제는 무서운 기세로 성장했는데, 록펠러, J. P. 모건, 카네기 등등의 대자본가가 등장한 때가 대체로 이 시기와 맞물린다. 이렇듯 자본주의 경제성장은 어디에서나 '핏빛 기억'을 바탕으로 하고 있다. 당시 미국의 놀라운 경제성장도 사실은 노동자들의 철저한 희생 위에서 가능했다. 그럼에도 불구하고 "미국 정부는 칼 맑스가 묘사했던 자본주의 국가와 거의 똑같이 행동하고 있었다. 질서 유지라는 중립성을 가장하면서 부자들의 이해에 봉사했던 것이다"라고 하워드 진은 말했다. (마르크스는 『공산당 선언』에서 자본주의 국가의 국가권력을 '부르주아의 위원회'라고 부른 적이 있다.)

이런 역사적·사회적 배경에서 1886년 5월 1일 미국노동연맹은 8시간 노동을 요구하는 파업에 돌입하게 된 것이다. 물론 5월 1일이 전 세계 노동자들의 날로 의미화된 것은, 5월 4일 헤이마킷 광장의 평화집회에서 경찰을 겨냥한 의문의 폭탄 사건으로 인해 엉뚱한 노동운동 지도자들이 체포돼 사형당한 일에서 기인했다. 체포된 8명 중 4명은 교수형에 처해지고 한 명은 입에 다이너마이트를 물고 자살했다. 1886년의 투쟁은 『진보와 빈곤』의 저자 헨리 조지를 뉴욕 시장 선거에서 급부상시키는 정치적 힘으로 연결되었지만, 결국 뇌물 등으로 얼룩진 부정 선거의 벽을 넘지 못했다.

한국 노동운동이 역동성을 잃어버린 지는 꽤 되었다. 일차적으로는 역사적 조건이 그것을 강제했다. 여러 사회적 지표는 노동자의 생활이 나아진 것을 나타내지만 어디까지나 평균적인 지표일 뿐이며, 문제는 평균 이하의 삶이 수두룩하다는 점이다. 자본주의 초기에 강제됐던 노동자의 희생이 자본주의가 고도화되었다고 해서 사라진 것은 아니기 때문이다. 자본주의는 수탈과 착취가 사라지면 함께 멈출 수밖에 없다. 즉, 수탈과 착취가 자본주의 사회의 기초 원리라는 뜻이다. 수탈과 착취의 역사가 자본주의 경제 발전의 역사라고 해도 과언이 아니다. 동시에 자본주의는 그것을 은폐시킬 필요가 있었는데, 그것은 여러 이데올로기와 문화가 담당했다.

노동자의 희생을 강요하는 현실은 그대로인데 그것이 은폐되고 정신은 점점 황폐해지고 말았다. 은폐는 위장과 억압을 통해서 가능한 것이고 위장과 억압은 인간의 무의식을 비틀어 영혼을 병들게 한다. 이것은 매우 뚜렷한 현상이다. 그럼에도 불구하고 한국 자본주의의 이데올로기와 문화는 그것이 개인의 문제인 양 호도한다. 현대사회의 신체적·정신적 병은 이런 과정에서 번지고 다시 이 병을 치료하기 위한 산업이 등장한다. 의료산업은 다시 자본주의 경제 발전의 한 지표로서 추가되며 다시이것이 어떤 환영을 만든다. 이런 되먹임 구조는 사회를 복잡하게 만들지만 진실은 언제나 한결같다. 더 중요한 것은 이런 신체적·정신적 병이 다른 생명에 대한 경시 현상으로 이어진다는점이다. 오늘날 한국 사회에서 일어나는 끔찍한 비인간적 범죄들이나 반생태적 파괴들은 이런 병이 사회의 무의식에 깊숙이침투한 결과라고 해도 과언이 아니다. 그런데 그 현상들이 워낙 다양해서 우리는 그것에 대해 단지 도덕적 판단만을 내릴뿐이다.

사실 이런 상황에서는 민주주의라는 것도 공염불에 지나지않는다. 민주주의가 경제적·정신적 자유의 정도에 비례한다고한다면, 생존에 대한 불안이 초래한 정신의 황폐화는 민주주의자체를 위협한다. 그렇게 되면 자유라는 것도 단지 소비할 자유에 지나지 않게 되며 민주주의는 우리를 '무리'로 만들어버린다. (우리는 그것을 선거 때마다 확인하고 있지 않은가?)

자신의 스승 소크라테스를 처형한 아테네의 민주주의를 플라톤은 비난했다. 플라톤이 경험한 아테네의 민주주의는 타락한 민주주의였기 때문이다. 스파르타를 상대로 치른 펠로폰네

소스 전쟁에서 패배한 아테네는 정신적으로 그리고 사회적으로 요동치고 있었다. 사실 펠로폰네소스 전쟁도 아테네가 제국화되면서 벌어진, 민주주의가 뒷걸음질치는 와중에 벌어진 사건이었다. 동방의 패자 페르시아를 연이어 격퇴한 아테네가 델로스 동맹을 통해 이오니아해의 폴리스들을 수탈했다. 이미 아테네 시민들이 수탈의 혜택을 입기 시작하면서 아테네의 민주주의는 후퇴하기 시작했던 것이다. 여기서 우리가 알 수 있는 것은 수탈을 통한 경제적 부와 민주주의는 양립하기 어렵다는 사실이다.

소크라테스의 죽음은 이런 역사적·문화적 배경에서 벌어졌다. 이 말은 민주주의라는 것은 언제나 확고하지 않으며, 피나는 투쟁을 통해서만 '간신히' 성립된다는 뜻도 된다. '민주주의는 피를 먹고 자란다'는 언명은 빼앗긴 민주주의를 위한 말이기도 하지만 민주주의를 지켜내는 데에도 적절한 표현이다. 민주주의를 되찾는 일이나 또 지켜내는 일에 도덕적으로 정당하지 못한 부는 민주주의를 위협하는 독소일 뿐, 민주주의의 추진체가 되지 못한다.

우리가 지금 말하는 민주주의는 경제성장을 전제로 일컬어지는 경우가 일반적이다. 하지만 모든 경제성장은 무언가를 또는 누군가를 수탈하거나 착취하면서 나타나는 현상이다. 특히나 자본주의 경제체제에서의 경제성장이라면 그것 자체가 윤리적이지 않은 것이다. 따라서 1인당 국민소득이니 국민총생산이니 하는 지표들은 나아질지 몰라도 그것이 민주주의의 성숙을 의미하는 것은 아니다. 도리어 그것이 민주주의의 성숙을 가로막는다.

경제적 차원의 '가치' 문제든 아니면 철학적·생태적 차원의 '의미' 문제든, 우리에게 노동 문제는 더 좋은 그리고 더 많은 민주주의를 위한 가장 현실적인 문제가 아닐 수 없다. 왜냐면 우리는 노동을 통해서 삶에 필요한 물질을 얻을 수밖에 없는 존재인데, 그 노동이 언제나 불안하다못해 노동자 자신의 삶과 여타 생명체의 목숨을 위해하는 것이라면 민주주의도 따라서 요동을 치게 되어 있다. 그것은 우리도 겪은 바 있는 역사적 진실이다. 민주주의를 위해서라도 현재 우리의 노동이 무엇이며 나아가 우리가 하고 있는 노동이 '어떤' 노동인지 부단히 되물을 필요가 있다. 탐욕스러운 자본에 대한 저항과 동시에 자본이 노동자들 사이에 가하는 숱한 차별과 위계를 제대로 인식하면서, 한편으로 다른 생명체를 파괴하는 일에 동원되는 것은 아닌지 성찰하는 일은 언제나 중요한 과제이다. 개인적으로 '노동자 인문학'을 강조하는 것은 이 때문이다. 물론 '노동자 인문학'이 노동자에게 교양을 쌓게 하자는 말은 아니다.

인문학이라고 해서 별게 있을까. 그것은 각자에게 삶의 의미를 묻는 힘을 불어넣는 것이다. 오늘날 인문학이 정신적 피로에 대한 처방전 역할을 한다는 것도 알고 있지만, 사실 치유에 앞서 자기 병을 아는 것만큼 좋은 처방도 없다. 자기 병을 인식하고 치유하는 훈련이 되어 있지 않은 상태에서 사회를 보다 좋게 바꾸기 위한 상상력이 싹틀 리 없다. 설령 그런 의지가 있다손 치더라도 그것은 자신의 부정적인 심리 상태를 사회에 쏟아붓는 것 이상이 될 리 없다. 그렇게 되면 사회는 전혀 다른 쪽으로 변할 게 빤한데, 실은 나쁘게 변하게 하는 것에 가깝다. 진정 변화를 바라는 의지와 정신이 있다면 변화 자체에 대한 왜곡된 강박을 버리고 변화의 방향이 옳은 것인지 끊임없이 되물어야 한다. 나는 또 이것이 인문학이 감당해야 할 몫이라고 본다.

신체적 치유는 의사에게, 정신적 치유는 인문학자에게 맡기는 것도 하나의 병증일 뿐이다. 신체적이든 정신적이든 질환이 있다면 스스로가 먼저 진단하고 치유를 꾀해야 하며 친구들과 이웃들의 도움을 받는 순으로 나아가야 한다. 사실 인문학의 또다른 역할은 친구와 이웃을 알아보거나 새로이 창조하는 일이기도 하다. 공동체를 아무리 소리 높여 외쳐본들 친구와 이웃이 없는 공동체는 그냥 관념의 껍데기에 지나지 않는다. 물론 친구와 이웃 사이에도 공통된 토대가 있어야 하고 그 공통된 토대에도 더 아래 심급의 토대가 있어야 하지만. 이렇게 친구나 이웃과의 관계를, 그리고 그것을 가능하게 하는 토대를, 다시 그것의 더 깊은 토대를 쌓아가는 일이 노동자에게도 필요하다고 본다. '노동자 인문학'이 말이다. 나는 노동조합운동에서 이 '노동자 인문학'이 깊이 숙고되길 바란다. 그것도 시급하게. 그러나 서두르지 말고!

# 두 사건에서 배운 것

고등학교를 졸업하고 남해안에 있는 제철소에서 일한 적이 있다. 한 달에 이틀 쉬는 3조 3교대 근무였다. 제품을 직접 생산하는 공장 라인이 아니어서 근무 환경은 나쁘지 않았지만 힘든 것은 언제나 야간 근무였다. 지금도 하루 일과 중 선명하게 떠오르는 것은 출근하자마자 회람했던 '안전사고'(산업재해를 그들은 그렇게 불렀다!)를 알리는 문서들이다. 예를 들면, 어느 공장에서 어떤 사고가 발생했는데 그 원인은 이렇고 사고 경위는 저러하니 되풀이하지 않도록 유의하라는 내용이었다. 돌이켜보면 그런 '안전사고'의 일상화가 얼마나 재해에 대한 감각과 문제의식을 일깨웠는지는 잘 모르겠다.

산업재해가 일어나는 이유는 아마도 각 현장마다 그리고 노동 조건에 따라 다를 것이다. 그전에 서울 장승배기의 플라스틱 사출 공장에서 일할 때, 어느 노동자의 손이 기계에 눌려 버린 사고는 자동 모드를 풀고 수동으로 생산량을 더 늘리려 다 벌어졌다. 그것도 야간 일을 하다가 벌어진 사고였다. 재해를 입은 사람은 그뒤로 공장에 가끔 놀러오기는 했지만 손이 예전에 비해 영 못 쓰게 되고 말았다. 그것이 계기가 되었던지 1987년 6월항쟁이 일어나기 전에 함께 일하던 형들이 이미 스트라이크를 일으켰다. 요구 사항은 임금 인상과 산재 발생시의 보상 관련이었던 것으로 기억한다.

마르크스는 상품이 시장에 나와서 판매가 이루어질 때 이윤이 발생한다는 부르주아 정치경제학자들을 비판하면서 이윤은 자본가가 임금을 지급하지 않은 부불노동의 다른 이름이라고 지적했다. 마르크스가 착취 대신 횡령이라는 말을 가끔 쓰는 것은 그것이 부불노동이기 때문이었다. 여기서 우리가 익히 들어온 잉여가치가 발생한다. 그 잉여가치를 일정 기간에 투하한 자본으로 나누면 이윤이라는 값이 나온다. 마르크스의 지적이 옳다면 자본이 이윤을 내는 것은 노동력을 통해서만 가능하다. 달리 말하면 노동력의 가치를 최대한 횡령하고, 생산 과정에 자본을 최대한 덜 투여하면 이윤은 늘어난다는 간단하고도 명백한 공식이 성립된다.

태안에 있는 화력발전소에서 석탄을 옮기는 컨베이어벨트에 끼여 비참하게 죽음을 맞은 고 김용균씨의 경우도 바로 이와 같은 간단한 이윤 공식 때문에 벌어졌다. 들리는 소식에 따르면 설비 개선비용 3억 원을 쓰지 않았다고 하는데, 결국 3억 원 대신 노동자의 목숨을 밀어넣은 셈이다. 이것은 자본가들이 마치 자신들이 도덕적으로 우위에 서는 양 말하는 근검절약이 아니라 불변자본의 투여를 최소화해 이윤을 늘리려고 한 것에 불과하다. 따지고 보면, 근검절약도 노동력의 가치를 그에 합당하게 책정하지 않기 위한 이데올로기에 지나지 않는다. 그리고 그 이윤은 사회를 위해 사용되거나 공공의 자산으로 흡수되지 않는다. 그렇다면 그 이윤은 누구의 주머니로 흘러들어가는 것일까?

한국증권거래소는 삼성바이오로직스가 천문학적인 분식회계 범죄를 저질렀지만 주식시장에서 내쫓지 않았다. 이 일은 문재인 정권이 박근혜 정권의 사실상 공범으로 알려진 이재용 부회장에게 정치적 면죄부를 준 사실과 맥을 같이한 것처럼 보인다. 투자자 보호 차원이라고 하지만 다르게 보면 사적인 축적과 욕망을 보호하기 위해서는 범죄도 용인할 수 있다는 것이며, 사실 이것이 자본주의의 일반적 도덕이라고 보는 것이 진실에 가깝다. 따라서 청년 노동자 김용균씨를 죽게 만든 서부발전은 무죄다! 그리고 서부발전의 주식을 가지고 있는 금융자본과 주주들도 무죄다!

거의 일보日報로 전달되던 제철소에서의 '안전사고'도 알고 보면 수많은 하청회사와 협력회사의 노동자들은 제외시켰을 것이다. 왜냐면 그들은 소속된 회사가 달랐기 때문이다. 그 제철소가 하청업체와 협력업체 노동자들을 대하던 태도를 보면 충분히 유추할 수 있다. 그들은 퇴근할 때 헌병 흉내를 내는 제철소 경비노동자들의 검문을 통해 수시로 수모를 당해야 했다. 알고 보면, 노동자들 사이의 위계 구조와 차별은 오래된 자본의 통제술이었다.

우리는 그것을 익히 알고 있었지만 모른 척하고 살았다. 그래야 죄책감 없이 일상을 살 수 있기 때문이다. 사실 구매한 물자와 서비스를 사용하면서 죄책감을 느끼거나 불쾌감이 따라온다면 그 또한 괴로운 일일 것이다. 하지만 자본주의 경제가 상품에 새겨진 상품 이전의 파괴와 고통과 수모를 은폐한다는 진실은 괴롭지만 언제나 유념해야 하고 또 감당해야 할 몫이다. 이것은 자본주의가 강제한 것이지 노동자들이 내미는 무례한 청구서가 아니다. 상품과 기업 가치가 광휘를 발하며 우리를 유혹할 때, 그 유혹에 넘어감으로써 그 은폐를 한 번 더 은폐하는데, 그것이 우리를 편안하게 해준다. 사람살이의 윤리를 굳이 의식할 필요를 없애주기 때문이다. 이렇게 해서 우리는 어느새 분열적이고 파괴적인 상태에 다다른다.

———

서울 강남역 사거리 CCTV 철탑 위에서 김용희씨가 농성을 벌이고 있었다. 이 나라에서 노동자들의 고공농성은 이제 뉴스 거리도 되지 않는다. 그래서 그런지 이제 노동자들의 목소리는 모기 소리로 취급받는다. 모 인터넷 매체 기고문에서 나는 김용희씨를 카프카의 『변신』에 나오는 갑충으로 변한 그레고르 잠자에 비유한 적이 있는데, 그것은 문학적 비유가 아니었다. 오늘날 노동자는 자본의 입장에서는 사실상 벌레이거나 또는 이윤을 위한 부품과 다르지 않기 때문이다. 카프카는 그레고르 잠자를 한 마리 갑충으로 변신시키면서 자본이 강요하는 벌레-되기를 능동적으로 택하는데, 나는 이 '변신'이 카프카 나름의 정치적 글쓰기라고 이해했다. 저항의 다른 양식이라고나 할까. 카프카가 우화羽化를 끝내 알지 못한 게 유감이지만 말이다.

　김용희씨가 고공농성 300일을 맞아 발표한 입장문에는 삼성생명 암보험 피해자들의 삼성생명 고객센터 점거농성이 80일이 넘었으며 삼성물산의 재개발 사업에 희생당한 과천의 철거민들이 16년째 싸우고 있다고 했다. 대한민국은 삼성 것이라는 자조 섞인 말들이 회자된 지가 꽤나 되었고, 실제로 최순실의 국정농단에 삼성의 협력과 개입이 깊었다. 노무현 정권의 초기 개혁 작업이 삼성에 의해 브레이크가 걸린 것은 이미 알려질 만큼 알려진 사실이다. 심지어 노무현 정권의 경제정책이 삼성경제연구소에 휘둘린 것도 잘 알려진 사실이다.

현 정부 들어서도 마찬가지이다. 문재인 대통령은 최순실 국정농단 사건으로 재판중인 삼성전자 이재용 부회장을 비정상적일 정도로 자주 만났고, 이재용 부회장의 이런저런 비즈니스적 요청을 받아들였다. 대통령 입장에서는 삼성의 투자를 이끌어내 경제를 활성화시키기 위한 전략적 선택일 수도 있다. 하지만 대통령 자신이 과거의 역사를 바로잡겠다면서 수차례 언급했던 '정의'가 삼성에는 적용되지 않았다는 것은 분명한 사실이며, 정의는 죽은 자에게만 해당된다는 정치적 궤변의 근거를 대통령 스스로 마련해준 것도 사실이다.

김용희씨가 그 비좁은 허공의 공간에서 오랫동안 농성을 벌이는 이유는 복잡하지 않다. 진실은 너무도 간단해서 웃음이 나올 정도다. 삼성이 대한민국 헌법에 보장되어 있는 노동조합 활동을 불허하다못해 노동조합 활동을 주도한 김용희씨의 삶을 철저히 파괴했기 때문이다. 김용희씨는 지난 26년간 삼성이 자신에게 가했던 반인륜적 행태에 대해 사과를 요구했다. 삼성이 노동조합 활동을 파괴해온 사례는 일일이 나열하기도 쉽지 않다. 우선 떠오른 예는 삼성전자서비스 노조의 고 염호석 노조위원장 시신 탈취 사건이다. 고인은 삼성전자서비스 노조를 탄압하는 삼성전자에 맞서다 스스로 목숨을 끊었는데, 가족과 노조원들이 진상 규명을 요구하는 과정에서 삼성전자가 경찰을 매수해 시신을 강제로 빼돌렸다. 이는 올해(2020년) 초 법원에 의해 유죄 판결을 받은 사안이기도 하다.

그렇다면 삼성은 어째서 이토록 집요하게 노조를 혐오하고 노동조합을 설립하려는 노동자들을 탄압하다못해 죽음으로까지 몰고 가는 것일까. 이 또한 이유가 간단하다. 앞서 말했듯 노동자는 회사가 짜놓은 거대한 기계의 부품이어야지 독립된 주체여서는 안 되기 때문이다. 그래야 이윤이 최대로 보장되기 때문이다. 노동자는 거대한 공장에서 자본이 설계한 기계의 일부여야 하는데 유감스럽게도 노동자의 노동력은 바로 노동자의 생명력이다. 그래서 노동자는 노동조합이라는 공동체를 통해 자본과 맞서려 한다. 이 지난한 과정이 계급투쟁의 역사라면 역사이고 노동운동의 역사라고 해도 틀린 말은 아니다. 그리고 이것은 근대 국민국가에서는 당연히 용인되는 노동자의 권리이기도 하다. (삼성이라는 별도의 왕국만 빼고 말이다.)

근대 국가는 자본의 증식 욕망도 자본의 역할로서 인정하고 노동자의 주체적이고 민주적인 노동조합의 설립도 동시에 허용하고 있다.

———

위에서 말한 두 가지 사건은 '한국 노동자들의 상태'에 대해 일부분만 드러낼 뿐이다. 온갖 부스러기 노동이 횡행하고 있는 현실이 4차 산업혁명으로 인한 문명사적 필연이라고 언론 등은 떠들고 있다. 4차 산업혁명이라는 말 자체도 우습거니와, 위와 같은 현실은 단지 자본의 유기적 구성을 고도화해 이윤을 늘리는 흐름에서 노동자들이 배제되거나 그 삶이 파편화되면서 발생하는 현상일 뿐이다. 그리고 이런 흐름은 현재로서는 상당히 빠르게 진행될 공산이 크다. 사실 자본의 이 막강한 힘 앞에서 노동자들은 한없이 약해 보인다. 예를 들어, 노동조합의 힘도 현저히 떨어지고 있으며 이제는 정규직과 비정규직의 대립도 보통 심각한 문제가 아니다. 인천국제공항 보안검색요원 정규직화 문제로 벌어진 사태 같은 것을 보면 암담한 마음만 든다.

하지만 이런 갈등과 대립은 IMF 구제금융 이후 자본이 구사한 통제술의 연장이며, 지금의 엄연한 현실이기도 하다. 흔히들 여기에 '도덕적 잣대'를 대고는 하는데, 이는 문제 해결에 전혀 도움이 안 된다. 당장 20대 청년 세대가 인천국제공항 보안검색요원 정규직화에 대해 공정하지 않다면서 '도덕적 잣대'를 꺼내든 것은 우리가 지금 어떤 수렁에 빠져 헤매고 있는지 명확히 보여주는 사례다. 그들은 태어날 때부터 정규직, 비정규직, 하청, 파트타임 등의 노동 형태를 깊이 내면화해온 세대들이며 열심히 영어 공부 하고 좋은(?) 대학 졸업해서 당당히 정규직으로 뽑히는 게 정의라고 배워왔다. 여기에 기성세대들이 도덕적인 꾸짖음만 내놓는다면 사태는 더욱 나빠질 수밖에 없는 것 아닐까.

이 지점에서 떠오르는 것은 무너진 공동체를 복원하는 일일 텐데, 당연히 이것은 농경문화 시절의 그것과는 다를 것이다. 하지만 그 문화적 형태가 어떤 것이건 기본적으로 우리는 '모여 사는' 존재라는 걸 다시금 근본적으로 확인할 필요가 있다.

공산주의로 번역되는 '코뮤니즘communism'에서 코뮌comune 은 작은 마을을 가리킨다. 백과사전을 더 뒤져보면 라틴어 단어 'communis'는 함께 모인다는 뜻이라고 한다. 그 사이에 펼쳐진 복잡한 이론적 경과를 건너뛰고 말한다면 코뮤니즘은 '작은 마을(모임) 체제'로 직역할 수 있다. 이런 논리대로 하면, 공산주의란 작은 마을 체제로서의 코뮤니즘을 가리킨다는 것을 외면할 이유가 없어진다. 사실 마르크스도 공산주의가 무엇인지를 정확히 말한 바 없다는 연구자들의 지적도 있으며 심지어 『독일 이데올로기』에서는 투쟁하는 운동 그 자체가 공산주의라고 말한 바 있다. 이 코뮤니즘이 현실 사회주의 운동과 국가를 거치면서 작은 마을 체제라는 의미를 벗어나 국가 체제 문제로 나아간 듯하다. 마을 체제이든 국가 체제이든 간에 강력한 국민국가가 지배하는 근대에 코뮤니즘이 국가 단위를 벗어난다는 것은 쉽지 않은 주제다.

문제는 코뮤니즘을 국가 체제 우선으로 사고한 탓에 실종된 것이 바로 이 작은 마을(모임)에 대한 상상력이 아닌가도 싶다. 데모스demos와 크라티아kratia가 합쳐져 만들어진 것으로 알려진 'democracy(민주정, 민주주의)'에서 'demos'를 투박하게 '민중'으로 번역하곤 하는데, 이 말은 사실 고대 아테네의 클레이스테네스가 개편한 행정구역 이름이다. 당시 클레이스테네스는 씨족 중심의 참주정을 끝내기 위해 행정구역 재편을 단행했다. 씨족 중심의 정치 체제를 지역 중심으로 바꿔버린 것이다. 여기서 태어난 행정구역이 데모스이다. (클레이스테네스는 '도편추방제'를 도입함으로써 정치권력에 대한 시민들의 사법적 제어도 가능하게 했다.) 이런 맥락에서 보면 공산주의와 민주주의는 그렇게 거리가 멀지 않다.

　민주주의는 추상적인 민중의 힘이 아니라 구체적인 지역, 즉 마을의 힘이며 이 힘은 마을의 연합에서 나온다는 이야기이다. 그런데 데모스는 클레이스테네스의 작위적 명명이 아니라 고래로 이어져온 자생적 촌락이었으며 그 크기도 다종다양했다고 한다. 거기에 클레이스테네스가 정치적 힘을 부여한 것이다. 이 데모스에 거주하던 평민들이 생산자계급이면서 아테네 민주주의를 떠받쳤던 개별자들이었다. 그렇다면 아테네 민주주의는 사실상 민중이 통치하는 민주주의라고 부를 수 있다. 이는 민중의 자기 통치라는 민주주의의 이념에 부합한다. 고대 아테네가 퇴락의 길로 간 것은 동방의 패자 페르시아를 연거

푸 물리치면서 제국의 길로 들어섰기 때문이다. 제국이 된다는 것은 민주주의를 배반하거나 민주주의를 변질시켜야만 가능한 법이다.

———

마르크스가 『공산당 선언』에서 '자유로운 개인들의 연합'과 '만국의 노동자(프롤레타리아)의 단결'을 함께 말한 것을 이제는 좀 다르게 읽어보면 어떨까 싶다. 무엇보다도 이 두 언어 사이에 미처 표현되지 못한 다른 생각이 있을 법할 정도로 간극이 있어 보이기 때문이다. 그런데 만국의 노동자가 자유로운 개인이 되려면 단결이 필요하며 이 단결은 연합의 다른 이름이기도 하다는 뜻일까. 다른 말로 하면 만국의 노동자는 연합을 위한 싸움에서 자유를 얻을 수 있다는 말도 되겠다. ("자신들을 묶고 있는 쇠사슬밖에는 잃을 게 없다.") 이런 선언적 주장은 받아들이는 과정에서 많은 오해를 불러일으킬 수 있지만, 그 맥락을 자세히 들여다보면 풍부한 유산이 내재되어 있음도 알 수 있다.

사실 마을까지는 생각하지 못했지만, 이 개별자들이 연합을 통해 존재 역량을 강화할 수 있다는 스피노자의 철학도 여기에 합류시킬 수 있다. 스피노자에게는 개별자들은 신의 속성을 부여받은 존재들이지만 신의 일부 속성만 가졌기에 연합을 통해서만 존재 역량을 배가시킬 수 있다. "두 사람이 뜻을 같이하고 힘을 합친다면 그들은 혼자일 때보다 더 많은 힘을 갖게 되며, 따라서 두 사람은 더 많은 권리를 지닌다. 사람들이 연합 형태로 결합하면 할수록, 그들은 그만큼 집단적으로 보다 많은 권리를 갖게 되는 것이다." 이런 존재론을 바탕으로 스피노자의 민주주의가 탄생하는데, 사람은 누구나 개인의 본성에 따라 행동할 수 있는 권리로서의 자연권을 갖는다고 그는 말했다. 비록 그 자연권이 "현실적으로 존재한다기보다는 관념 속에만 존재"하지만, 그렇다고 해서 그것이 현실화가 불가능한 관념일 뿐이라는 이야기는 아니다. 이 자연권은 "직접 거주할 뿐만 아니라 힘을 합쳐 일궈놓은 터전을 지켜내며, 스스로를 보호하고 폭력을 배격하며, 모든 사람의 보편적 판단에 따라 삶을 영위할 수 있는 곳에서 식별할 수" 있기 때문이다. 스피노자가 말하는 이런 상태를 앞에서 말한 우리의 이상으로서 민주주의와 다르다고 말할 수 있을까?

물론 이런 예가 서구 쪽에만 있는 것은 아니다. 동학농민혁명 때 농민군과 전라도 감사가 조정의 위임을 받아 맺은 전주화약에는 그 유명한 집강소 설치가 제시되어 있다. 이는 사실상 민중 자치의 실질적인 예이며 동학이라는 사상운동을 통해 가능했다. 당시에 동학이 농민들에게 빠르게 전파된 것은 보국안민보다는 유무상자有無相資라는 기치 때문이었을 가능성이 크다. 여기서 '자'는 분명히 물질을 가리키며, 있는 사람과 없는 사람이 서로 도와야 한다는 이 공동체 윤리는 삶이 고통스러웠던 농민들에게 참으로 단비 같은 언어였을 것이다. 서구 이론으로 따지자면 이것을 민주주의라고 부르기는 저어될 수 있겠으나, 동학이 흩어진 민중 자치의 역량을 확인, 배가시켜준 것은 분명해 보인다. 해방 공간에서 벌어진 대구 10월항쟁이라든가 여타 크고 작은 민중 반란은 일제강점기에 경험한 적색농민조합의 영향이라기보다 동학 때부터 이어진 (강제로 은폐되었던) 민중의 역량에서 비롯되었다는 역사학자 조경달 선생의 통찰은 귀기울일 만하다.

나는 사회주의라고 불리든 공산주의라고 불리든 코뮤니즘과 민주주의를 대립시키는 것에 동의하지 않는 편이다. 민주주의가 자본의 자유를 정치적으로 보증해주면서 오염되었다는 것은 역사적으로 분명한 사실이지만 우리는 현재 민주주의를 재발굴할 필요가 분명히 있으며, 나아가 연합과 단결을 통해 얻을 자유의 구체적인 내용이 무엇이냐고 묻는 단계까지 도달해야 한다. 자유가 단지 생산 과정의 노동자 통제와 생산물의 공정한 분배에만 해당될까? 데모스의 힘이 발현되는 바탕은 그것보다 생산 수단의 소유(그 형태는 역사적으로 또 각 사회의 문화에 따라 규정될 것이다) 여부에 있을지 모른다. 마르크스가 지나가는 말로 언급한 호주 이민 노동자의 상황은 여러 가지를 시

사하는데, 노동자들이 공장에 나오지 않는 경우가 잦았다는 것
이다. 호주로 이주한 영국 민중에게는 호주의 광활한 토지를 경
작하느라 공장 노동은 미뤄둘 수 있었던 것이다. 공장주는 이
런 고충을 본국에 보고하게 되었고, 그 문서를 마르크스가 읽
고 『자본론』에 인용했다.

———

코뮤니즘을 조금 더 구체적으로 상상한다면, 생산 수단을 각
자 소유한 민중이 생활 공동체인 마을이나 이런저런 필요에 따
른 '모임'을 통해 이룬 사회를 말하는 것일지 모른다. 그리고 이
것은 민주주의의 물질적 토대이기도 한데, 노동을 통해 필요한
것을 생산하고 민중이 자치적으로 통제, 관리하는 경제 양식
은 생산 수단의 개별적 소유 없이는 불가능할 것만 같다. 이것
을 위한 실천 방식은 또다른 층위의 문제이며 나는 여기서 이
에 대해 자신 있게 말할 수는 없다. 이런 주장도 그저 아는 만
큼 상상해본 것에 불과하므로 무슨 이론적 정합성을 가지는 것
도 아니다. 단지 지금은 분석보다 인식과 이해를 통한 상상이
더 필요하다는 생각뿐이다.

아울러 근대 초기 노동자들이 조직했던 노동조합을 공장 안
노동자들의 코뮌으로 이해할 필요도 있다. 그것은 잃어버린 마

을에 대한 문화 유전자가 서로서로 연합하지 못하면 살 수 없다는 판단의 산물이다. 동시에 노동조합운동이 위원장이나 대의원 선거에 매몰된 것도 근대 국가가 택한 대의제의 파생품일 수도 있겠다는 의구심이 드는 것은 근대 국가의 선거와 노동조합의 선거 문화나 형태가 흡사하기 때문이다. 물론 대한민국에서는 노동조합을 설립하고 운영하는 일 자체에 많은 제약이 따르고 노동조합을 사갈시하는 현실도 감안해야겠지만 말이다.

고 김용균씨와 김용희씨의 경우를 들어 이야기가 너무 멀리 간 것 같다. 하지만 이런 사건들은 우리 사회가 안전 문제에 둔감하거나 자본이 도덕적으로 '나빠서' 벌어진다는 판단만으로는 무언가 석연치 않아 보인다. 자본 독재를 프롤레타리아 독재로 역전시키려 했던 것이 지난 역사였다면, 노동자계급이 국가 권력을 장악해야 비로소 문제가 풀린다는 굳건한 사고의 수문을 열고 작은 공동체들의 연합을 전제하는 민주주의를 상상하는 것이 의외로 우리에게 생기를 주지 않을까 싶다. 물론 그러한 민주주의로 가는 경로는 어떤 천재적 인물이 매뉴얼로 제시해줄 수는 없다. 그것은 보다 나은 민주주의를 염원하는 '자유로운 개인'들과 그들의 모임들이 생활 속에서 실험과 모험을 통해 만들어나가야 할 것이다. 생산 수단의 소유가 자유를 가능케 하고 또 민주주의의 물적 토대라고 했다가, 보다 나은 민주주의를 상상할 수 있는 역량을 가진 상태를 자유라고 부르는 것에 어폐가 있다고 보지는 않는다. 물적 토대의 변혁을 위해서도 우리의 상상력과 정신의 새로움이 필요하기 때문이다. 이 두 가지를 동시에 밀고 나아간 예가 역사적으로 없었던 것도 아니다. 그리고 이 두 가지를 동시에 밀고 나아간 사건은 우리에게 여전히 살아 있다고 믿는다.

———

제도와 관습에 묶인 상상력과 감성을 해방시키는 일에서 나는 아직도 시의 역할을 버릴 수 없다고 본다. 물론 시는 지금껏 이야기한 문제들과는 다른 방향의 모험을 통해서 좌절과 환멸이 자꾸 괴롭히는 우리의 삶에 반딧불이가 될 수 있다.

# 소금단지 안의 달걀

영화감독 황윤에 따르면(《경향신문》 2016년 12월 15일자 칼럼) "자외선과 햇빛은 바이러스를 없애는 데 매우 효과적이다. 햇빛에 직접 30분만 쏘이면 고병원성 조류인플루엔자는 완전히 활동을 멈추지만 그늘에서는 며칠간 지속될 수 있고, 습기를 머금은 거름에서는 몇 주도 버틴다"고 한다. 그의 글은 조류독감이 퍼지자 양계장의 닭들을 살처분하는 현실을 비판하며 쓰였는데, "현재 고기를 위해 길러지는 닭들은 햇빛이 닿지 않는 밀폐된 축사 안에 수십 만 마리가 수용돼 밀집 사육되고 있"는 사실을 지적하면서 시작된다. 이런 현실을 타개할 대안은 닭에게 마당을 내주는 일에 있다고 나는 생각한다. 일군의 생태주의자들은 공장식 축산을 비판할 때 '동물복지'라는 개념을 꺼내들지만, 닭들에게 마당을 내주는 것은 '동물복지' 차원을 넘어선다. 일테면 봄날 마당에서 배회하듯 노는 닭들을 보면, 아마도 당신의 영혼도 햇볕에서 어느새 뒹굴고 있음을 느끼게 될 것이다. 그것은 닭을 마당에게 내준 게 아니라 자기 자신에게 마당을 내준 것과 진배없는 일이다.

요즈음 누구나 쉽게 먹을 수 있는 달걀은 인간의 영혼과는 아무런 관계가 없는 하나의 상품, 더 좁혀 말하면 식재료일 뿐이다. 우리의 삶과 닭의 삶이 절연되었을 때 이런 현상은 벌어지는데, 외양간에서 되새김질을 하는 눈동자를 가진 소와 인간이 절연되었을 때 소가 고기 덩어리로 변하는 것과 같은 이치이다. 존재와 존재 사이의 구체적 관계가 사라지면 각 존재는 서로에 대해 소외되며 물화된다. 관계 자체가 존재인 것이니 관계가 타락하면 존재의 값에 미달되는 사태가 벌어지기 마련인 것이다. 다른 말로 하면, 동물에게 적용하는 복지 개념도 사실 해당 동물과 절연된 상태를 건드리지 않는 한도 내에서 펼쳐지는 개념에 가깝다.

우리는 우리의 노동력을 팔아 화폐를 얻고, 이 화폐를 통해 노동으로 고갈된 생명력을 보충하는 데 필요한 물품을 구입한다. 달걀이나 육류 같은 식품은 가장 기초적인 물질에 해당된다. 다른 말로 하면 우리는 우리에게 꼭 필요한 영양소도 하나의 상품으로 구입한다는 뜻이 된다. 달걀이나 육류에 함유된 영양소가 하나의 '상품'이라면, 그리고 그것이 '상품'인 것이 현실이라면 그것을 생산하는 공정 자체가 부조리에 가까울 것이다. 그래서 우리에게 필요한 영양소를 생산하는 주체(닭, 돼지, 소 등)에게도 햇볕과 바람을 쐴 권리가 주어져야 한다. 하지만 권리 문제가 존재 문제까지 해결해주지는 못한다는 점은 짚어둘 필요가 있다.

어머니는 달걀을 꼭 소금단지 안에 묻어두었다. 달걀이 상하지 않게 하려는 것이었지만 어린 나는 그게 꼭 내 눈길과 손길을 의식해서 그러는 것 같아 서운한 마음도 들었다. 어머니가 소금단지 안에서 달걀을 꺼내는 것을 본 뒤로 종종 달걀 한 알을 꺼내 아랫니로 톡 깨서 쪽 빨아먹고는 껍질은 멀리 풀밭에 던져버렸다. 그래야 감쪽같기 때문이다. 너무 많이 꺼내 먹으면 티가 나니까 어쩌다 한두 개 정도만 꺼내 먹었다. 달걀은 꼭 필요한 일이 있을 때에만 썼는데, 대부분은 아버지의 몫이었다. 물론 당신은 생전에 내게 달걀 한 알을 살갑게 쥐여줘본 적이 없다. 돌이켜보면 내가 달걀을 훔쳐먹은 것을 어머니가 모르셨을 리 없다. 다만 티를 내면 언짢은 일이 벌어지니 모르는 척하셨던 것 같다.

전주 외곽의 좁으목이라는 동네에 살 때, 그러니까 내가 두어 살 때부터 아홉 살 때까지 살았던 집에서는 변소를 함께 쓰는 앞집에서 변소 귀퉁이에다 닭 두 마리를 키웠다. 예닐곱 살 즈음의 어느 날 나는 그 닭이 알을 낳는다는 것을 알았다. 하루는 닭장 안에 달걀 두 알이 있어서 하나를 훔쳐먹고 나머지 하나는, 도둑이 제 발 저리듯 시치미를 떼며, 아주머니에게 갖다드렸다. 아주머니는 '하나밖에 없드냐?' 이리 물었고, 나는 '네, 하나밖에 없었어요'라고 뻔뻔하게 거짓말을 했다. '이상하다, 닭은 알을 두 개씩 낳는데……' 하는 말씀에 가슴이 덜컹 내려앉고 말았다.

나는 그뒤로도 한동안 닭이 알을 두 개씩 낳는 줄로만 알았다. 나중에 생각해보니, 두 마리가 다 알을 낳거나, 아니면 알을 꺼내오는 것을 하루 거르신 모양이었다. 다행인 것은 그 아주머니가 어린 나를 별로 야단치지 않고 그냥 속아넘어가준 일이다. 만일 그 사실을 어머니에게 말했더라면 나는 정말 되게 혼났을 것이다.

당시 홀로 누나와 나를 키우던 어머니는 나의 '옳지 않은 짓'에 대해서는, 일테면 남의 것을 훔친다든가, 거지처럼(어머니 표현이다) 남이 먹는 것을 쳐다보면서 정신을 놓는다든가 하는 일에는 단호하셨다. 서울살이가 시작된 20대 중반까지도 길에서는 먹을 것을 먹으면 안 되는 줄 알았다. 그것은 어머니가 '길에 다니면서 뭘 먹는 건 추접스런 일'이라고 가르쳐났기 때문이다. 너도나도 먹을 것이 풍족하지 않으니 남들 앞에서 먹을 것 자랑하지 말라는 염치가 숨어 있는 것도 같고, 음식 자체는 집안에서 먹는 것이라는 다소 완고한 관념 때문이었던 것도 같다.

그뒤로 닭을 몇 번 기른 적도 있었지만 달걀은 여전히 귀한 것이어서 달걀 프라이나 달걀말이는 소풍 갈 때나 한번 먹을까 말까였다. 닭을 키워도 온전히 알을 낳기까지 키우는 것도 그다지 쉬운 일이 아니었다. 병아리를 사오면 아랫목에 종이 상자를 놓고 키워야 했는데, 병아리들이 중닭이 되고 알을 낳을 정도까지 자라려면 손도 많이 갔고 병들어 죽어나가는 일도 태반이었다. 그래서 결국에는 대여섯 마리나 남아야 그나마 위안 삼을 정도였다. 거기다 무슨 대소사라도 있어서 잡아먹다보면 고작 한두 마리나 남았을까.

한낱 백일몽에 지나지 않겠지만 나는 자족적인 경제 구조를 상상할 때면 곧잘 농사 지향적이다. 예컨대 이런 정도다. 논 천 평, 밭 이백 평, 염소 세 마리, 개 한 마리, 닭 네댓 마리……. 논 천 평이면 4인 가족 기준 일 년 양식이 나오고 밭 이백 평 정도면 농사짓기가 만만치 않아서 그렇지 적잖은 채소와 곡물 수확이 가능하다는 경험에 따른 계산이다. 그렇다면 다른 가축들은 무엇 때문에 키울까? 그것은 사람이 거둬들이고 남은 것들, 또는 먹다가 피치 못하게 남기게 되는 음식들 때문이기도 하지만, 움직이는 동물과 함께 산다는 것은 인간의 정신과 감정이 인간 안에만 매몰되는 것을 막아주기 때문이다. 인간은 확실히 다른 존재와 함께 살아야 그나마 인간 노릇을 할 수 있는 존재이다. 다른 생명체와 함께 사는 생활 구조는 우리에게 철학적 깊이도 확보해준다.

어머니가 소금단지 안에 묻어놓은 달걀은, 어쩌면 어린 나의 손을 피하기 위해서가 아니라 아버지의 노동력, 최소한의 자족적인 살림을 유지하는 데 드는 노동을 위한 단백질 섭취 때문이었을지도 모른다. 당시 우리집의 농사는 소출이 시장에 내다 팔 만큼의 규모가 되지 않았다. 그저 자급자족 수준이었다. 그러니 달걀은 가장 적절하게 그리고 마땅한 사람에게 배분되어야 했을 것이다. 하지만 소금단지 안에 묻어둔 달걀은 언제나 어린 나의 탈취 대상이기도 했다. 내게 달걀은 목구멍으로 넘어가는 고소하고 비릿한 감각을 일깨워주는 것이기도 했고, 가난으로 인한 심리적 울적함을 달래주는 질감과 곡선을 가진 살아 있는 존재이기도 했다.

뜻밖에도 우리에게 진짜 문제는 언제나 지식의 증대, 혹은 살진 문명일지 모른다. 살진 문명은 사물을 사물 자체로 느끼거나 인식하지 못하게 방해하는 특성이 있다. 사물은 끊임없이 효과와 효용으로 환원된다. 이런 일들은 우리가 사는 문명 세계가 경제적 부를 증식시키는 일을 최고의 가치로 두는 체제이기 때문에 일어날 것이다. 닭이 마당을 거닐면서 마당을 살아 움직이게 하는 존재가 아니라 단지 상품을 생산하는 존재에 지나지 않는다면, 그리고 그것이 이 문명 세계에 적합하다면, 닭이 A4지 한 장 크기 공간에 갇혀 지내는 것도 하등 이상할 게 없다. 하지만 우리가 사는 문명 세계가 우리가 인식하지 못하는 거대한 그림자를 괴물처럼 키우고 있다면 이야기는 달라진다.

점점 기괴해지는 문명의 그림자에 대한 처방은 사실 햇볕과 바람밖에 없다. 햇볕과 바람이 세상의 모든 그림자를 없애는 것도 결국은 '음'을 부정하는 '양'의 폭력일지 모른다. 하지만 문명의 그림자는 존재의 '음' 자체가 아니라 도리어 존재의 '음'을 부정하고 파괴해온 것이 아닐까? 생명의 세계는 바이러스나 세균도 생명의 형태라고 우리에게 보여주지만, 문제는 그 바이러스와 세균이 우리와 공존하지 못하는 경우이다. 우리와 공존 불가능한 바이러스나 세균도 생명체인 것은 맞다. 하지만 그것은 문명의 그림자에서 파생된 '검은 전사'이며 문명의 편의에 익숙해진, 아니 그 편의를 무리하게 조장해온 인간에게 맞서는 전사인 것이다.

그래서 우리에게는 작은 마당이 필요하다. 그 마당으로 비가 내리고 눈이 쌓인다. 햇볕이 머물고 바람은 휭 지나간다. 그러나 마당은 텅 빈 공간이 아니라 다른 존재들이 살면서 움직이는 공간이다. 살아 있는 존재가 없으면 공간이 아니며, 그렇게 되면 시간도 흘러가지 않고 고이고 만다. 닭들이 마당에서 놀고 있는 장면은 동화나 추억이 아니다. 우리의 정신과 마음이 꿈꾸어야 할 구체적인 세계이다. 지금은 이런 상상 자체를 시대착오적이라 하겠지만, 반려동물이 도시인들의 곁을 갈수록 더 차지하고 있는 현상을 보면 아무래도 인간은 인간끼리만은 살기 힘든 게 분명하다.

몇 해 전에 일 때문에 전주에 갔다가 잠시 짬을 내서 예전에 살던 동네에 들러봤는데, 모든 것은 다 변했어도 우리가 살던 집은 그대로 남았고, 변소 귀퉁이에 닭을 키우던 앞집도 그대로였다. 우리가 돌아가야 할, 이루어야 할 시간이 완전히 불가능한 것은 아니라는 어떤 징표 같은 느낌도 없지 않았다. 그러나 새로 난 도로 이편에서 하얀 회벽이 빛나는 그 집을 한참 바라보다가 그냥 돌아서야 했다. 그 도로를 질주하는 자동차들의 행렬이 쉽게 건너지 못할 심연 같아서였다.

# 휴게소에 대한 명상

1981년부터 1990년까지 10년간 경제성장률 관련 자료를 찾아보니 평균 성장률이 9.92%였다. 6월항쟁이 벌어진 1987년도는 12.5%였다. 당시는 내가 고등학교를 졸업하고 세상에 첫발을 내디딘 때이기도 했다. 처음에는 구로2공단에 있는 안테나 공장에서 일하다가 장승배기에 있는 플라스틱 사출 공장을 거쳐 장난감 전자부품을 조립하는 공장 등에서 일했다. 6월항쟁이 벌어질 즈음에는 관악구청 옆에 있는 장난감 전자부품 공장에 다니고 있었는데, 부끄럽게도 나는 거리에 나가지 않았다. 세상물정도 잘 모르긴 했지만, 대학생들이나 데모를 하는 것이지 나 같은 공업계 고등학교 나온 노동자들은 데모할 자격이 없다고 생각하던 때였다. 공장에서는 기판에 부품을 꽂는 단순한 일이나 납땜 보완 작업 등을 했던 기억이 난다. 같이 일했던 사람들도 대개는 10대 후반에서 20대 중반까지의 청년 노동자들이었다.

이런저런 고민 끝에 공업계 고등학교로 진학하기로 마음먹은 것은 일단은 집을 떠나고 싶어서였지만, 고등학교만 졸업하고 어서 돈을 벌어야 한다는 강박이 중3 소년의 머리를 가득 채우고 있기도 했다. 참고로 그런 생각을 많이 했던 1983년도의 경제성장률은 13.2%였다. 가까운 이리(익산의 옛 이름)에 있는 국립 공업계 고등학교를 졸업하면 큰 조선소에 취직도 할 수 있다는 이야기도 익히 들었다. 박정희 정권 때에는 공업계 고등학생을 '조국 근대화의 기수'라고 칭한 적도 있다고 하던데, 내가 고등학교를 택할 때까지도 그런 인식은 남아 있었던 것 같다. 큰 공장에 들어가는 것이 전주공단에 있는 작은 공장 다니는 것보다 훨씬 출세하는 것으로 받아들여졌다. 전두환이 광주에서 학살을 저지른 직후의 서슬 퍼런 시기였던 탓도 있지만, 박정희 때부터 워낙 정치적으로 주눅이 들어 있던 시골 어른들은 평생 농사지어봐야 골병만 들고 잘살기는 애당초 힘들다는 생각이 팽배했다. 아닌 게 아니라 농사일은 고된데 살림살이가 나아졌다는 눈에 보이는 증거는 어디에도 없었다.

사실 이런 부모님 세대의 인식은 고스란히 자식 세대인 우리들에게 대물림되어 농사를 지으면 가난할뿐더러 육체적으로 고통스럽기까지 하다는 고정관념이 자리잡았다. 그래서 농사를 떠나 임금 노동자가 되는 게 나아진 삶이라고 생각했고, 그것으로 말미암아 '발전'이라는 희한한 신화가 나타나게 되었다. 농촌 문화는 마치 봉건제의 유산처럼 취급되기도 했다. 사회운동 쪽에서 노동운동이 농민운동을 '지도'해야 한다는 그릇된 인식이 널리 퍼지게 된 것도 그 밑바탕에 농사를 얕보는 문화와 관념이 굳건했기 때문일 것이다. 물론 임금 노동자 생활이라는 것은 도시의 삶이었고 농촌에서는 보기 드문 산업 문물의 혜택(?)을 입을 수 있다는 맹목적인 선입견도 큰 역할을 했다. 농촌이 경제적으로 빈곤하고 삶이 고된 것은 사실 근대화 과정 자체가 강요한 것이며 이에 대한 연구도 없지 않았는데, 이미 문화적 층위에서는 농촌은 도시의 역사적 전 단계로 여기는 경향이 압도적이었다. 이것은 (정치적 좌우를 막론하고) 정신과 내면마저 철저히 근대화된 결과였다.

서울생활은 반년을 조금 넘기고 멈추었다. 내가 들어가기로 한 큰 공장에서 연락이 왔기 때문이다. 그전에 나도 모르게 휩쓸려 들어간 작은 사건은 지금 돌아봐도 흥미롭고 재미난 경험이었다. 간략하게 떠올려보면 이렇다. 내가 일하던 장승배기 공장(사출기계가 고작 3대밖에 없었다)과 독산동에 있는 공장을 합쳐서 문래동으로 이사가게 되었다고 공장장이 우리에게 고지한 건 그해 5월 즈음이었을 것이다. 그런데 이사가기 며칠 전부터 함께 일하는 형들이 수군대기 시작하더니, 급기야 이사 전날 공장장에게 의료보험 가입과 임금 인상을 해주지 않으면 이사를 돕지 않겠다고 선언한 것이다. 아닌 게 아니라 이 공장에서 일하다가 사출기계에 손이 끼는 산재를 입은 분이 가끔 공장에 들렀는데, 아마도 보상 문제 때문인 것 같았다.

공장장은 이사 후에 우리의 요구조건을 해결해주겠다고 약속했지만, 이사를 다 마치자 야간근무를 하라고 지시했다. 사장이 지시를 내리고 퇴근했다는 것이다. 그러자 장승배기 쪽 형들이 욕을 해대며 아예 짐을 싸버렸다. 낮에 그 무거운 금형 틀을 다 운반하고 기계까지 조립해놨더니 밤에 조업 지시를 내린 처사가 비인간적이라는 것이었다. 나는 그 주장에 십분 동의했지만 작업 지시를 거부하지도 못하고 그렇다고 형들을 따라나서지도 못하는 어중간한 처지였는데, 형들이 나에게는 동조를 강요하지 않았다. 늦은 밤에 다소 엉뚱한 일이 벌어져서 나도 결국 그 공장을 떠났지만 말이다.

아무튼 노동자대투쟁이 있기 전에 일어난 작은 파업 사건이었다. 그 먼지와 기름, 땀으로 얼룩진 작업복을 입고 일하던 형들이 가끔 떠오르기도 하는데, 약간 거친 시절이기도 했다. 한 명은 술만 취하면 공장 창고 문을 군홧발로 부수곤 했다. 그것을 출근한 공장장의 눈에 띄기 전에 고쳐놓는 것은 언제나 다른 사람의 몫이었다. 중학교를 졸업하고 온 막내 녀석은 얼마나

고집이 세고 눈에 불만만 가득차 있던지 내가 무슨 일을 시키면 다짜고짜 대들기 일쑤였다.

농사일만 알던 가난한 부모님 세대는 누구네 자식이 큰 공장을 다니면 부러워하는 눈치가 역력했다. 훗날 전설처럼 알게 된 '금판사' 이야기는 입에 오르내리지 않았던 것 같다. 다들 그만그만해서 고등학교나 무사히 졸업해 농사일만 안 하고 살 수 있다면 그게 그나마도 성공한 셈이라 믿으셨던 것인데, 내 어머니는 구체적으로 사람은 펜을 잡고 살아야 고생을 덜 하는 것이라는 이야기를 종종 하셨다. 당시는 그래도 전주 시내에 있는 상업계고등학교만 나오면 은행 취직도 되고, 막 생겼다던 자동차보험회사에 들어갈 수도 있었다.

위에서 말했다시피 경제성장률이 10%에 달하거나 넘던 시절이었기 때문에 고등학교만 잘 나와도 일자리 얻기는 어렵지 않았었다. 그래서 큰 꿈은 아니더라도 안정적인 꿈은 꿀 수 있었다. 나만 해도 큰 공장에 정식으로 취직하면 재형저축을 착실히 들어서, 병역특례가 끝나는 시점에 그 돈으로 어머니에게 논뙈기라도 사드릴 수 있을까 싶어 논 한 마지기 값이 얼마나 되는지 계산을 해본 적도 있다. 그것은 내가 문학을 해야겠다는 꿈과는 조금 다른 꿈이었다.

1991년부터 2000년까지도 경제성장률은 그럭저럭 높은 편이었다. 10년 평균 7.08%인데 IMF 구제금융 신청이 있었던

1998년도의 −5.5% 때문이지 다른 해는 결코 저성장 경제가 아니었고, 군을 제대하고 와서 본격적으로 시작한 서울생활의 경험으로 보건대 상당한 소비를 즐기며 살았다. 물론 사회적으로 그랬다는 말이지 나와는 상관이 없는 이야기이다. 하지만 IMF 구제금융은 모든 것을 뒤집어놓았다. 이듬해인 1999년도가 11.5%, 2000년도에는 9.1%의 성장률을 기록했지만 경향적으로 예전 같은 시대는 확실히 아니었으며, 훗날 카드 대란을 일으킨 과소비 조장의 산물일 가능성이 크다. 나는 그즈음에 서울에 있는 어느 공기업에 시험을 치고 들어가서 2년 반 넘게 일하다가 노조와 관료조직에 환멸을 느껴 강화도로 들어갔다. IMF 시대에 고용이 보장된 공기업을 그만뒀다고 주위의 만류도 많았으나, 가족의 동의도 구하지 않고 나는 그렇게 일을 저지르고 말았다. 제대로 정착하지도 못하고 곧 서울로 돌아와야 했지만 말이다.

내 입장에서 보자면 그사이에 안정적인 직장에 다시 취직하기는 불가능한 시대가 되어 있었다. 마음을 다잡고 공부해 시험을 치는 공개채용 형식도 점점 사라져가고 있었다. 내 경우야 나이도 나이지만 산업구조가 크게 바뀌어 이제부터는 지인의 추천을 받지 않으면 취직을 하기도 쉽지 않았다. 어쨌든 나의 노동소득은 늘기는커녕 점점 줄고 있었는데, 2002년도는 월드컵 때문인지 잠깐 7.7%를 기록했던 경제성장률이 다시 내려

앉아 2001년부터 2010년까지 평균 성장률은 4.9%를 기록했고, 2011년부터 2019년까지는 고작 2.49%에 그치고 만다. 사실 이런 저성장은 비단 한국만의 현상은 아닌 것으로 알려져 있다. 언젠가 고 노무현 대통령은 일자리 문제를 언급하면서 서비스업에 기대는 발언을 했는데, 서비스업이 일자리를 얼마나 만들어낼 수 있는가 하는 문제와는 별도로, 이제 기존 산업에서 일자리가 생긴다는 것은 기대하기 어렵다는 솔직한(?) 고백으로 들렸다. 그뒤의 일자리 감소와 설비 자동화의 상관관계는 제쳐두더라도 말이다. 아무튼 2019년도에는 경제협력개발기구 OECD 회원국 중 아일랜드가 5.6%를 기록해 가장 높았다. 거의 대부분의 나라는 2~3% 성장률에 머물렀다.

경제학에 완전 문외한인 내가 이렇듯 장황하게 경제성장률을 헤아려본 것은 지금 우리 사회의 진짜 초상화가 궁금했기 때문이다. 사실 몇몇 사람들은 경제성장이 꼭 삶을 행복하게 하지도, 풍요롭게 하지도 않는다고 이미 말한 바 있다. 자본주의 사회에서 경제성장이란 본질적으로 자본이 얼마만큼 증식했느냐의 문제이다. 이런 경제성장이 그나마 의미가 있으려면 그 결과물이 사회 구성원들에게 적절히 분배되고 공유되어야 한다. 만일 그 결과물이 소수에게만 돌아간다면 사회는 그만큼 건강하지 못하게 될 테고, 건강하지 못한 사회가 구성원들에게 물질적으로나 정신적으로 좋지 않은 영향을 끼치리라 추론하는 것은 합리적인 이성의 역할이기도 하다. 우리가 사회적 존재라는 것은 이렇게 개개인이 서로 연결되고 기대며 영향을 끼치면서 살아갈 수밖에 없다는 뜻과 거의 같다. 그런데 여기까지만 말하고 나면 중요한 사실 하나를 빼먹은 셈이 된다.

우리가 사회를 말할 때 언제나 놓치는 존재, 그것이 바로 자연이다. 역사적으로 사회가 형성된 이유에는 자연에 대한 두려움을 이기기 위한 공동 대응의 측면이 있지만, 같은 개체끼리 모여 사는 것 자체가 자연의 원리일지도 모른다. 물론 종에 따라 그 모여 사는 규모가 아주 작을 수는 있어도 혼자 사는 존재는 자연에서 있을 수 없다. 인간은 자연으로부터 '나왔다'는 표현에도 어폐가 있다. 인간은 자연의 일부이며 그 자체이기 때문이다. 자연으로부터 '나왔다'는 자기의식이 있을 뿐이지 존재 자체가 자연으로부터 나올 수는 없는 노릇이다. 그래서 자연을 배제한 공동체 이야기나 사회 담론은 우리를 인간중심주의라는 울타리 안에서 풀어주지 않는다. 경제성장 이야기를 하다가 자연 이야기를 꺼낸 것은 우리의 내면이 오롯이 경제 상황에만 영향을 받는 건 아닐 것이라는 믿음 때문이다. 확실히 저성장 시대에 우리의 내면은 점점 명랑함을 잃어버린 채 안정적인 미래도 꿈꾸지 못한다. 주어진 자산이 태어날 때부터 없는 이들이라면 누구나 노동의 대가로, 정확히는 자신의 노동력을 팔아

받은 화폐로 생활에 필요한 물질과 서비스를 얻어야 하기 때문이다. 그 기본 전제가 흔들리는 상황에서 영혼은 어쩔 수 없이 불안해지고 그 불안감에 휩싸인 사람에게 다른 이야기는 하나마나 한 것에 그칠 공산이 크다. 그 다른 이야기가 음악이든 시이든 상관없다. 사랑도 불안감과 함께한다면 심각하게 왜곡될테고 그 왜곡의 양상이 어떻게 나타날지는 아무도 모른다.

  내가 중학교 3학년 때 공업계 고등학교를 가기로 마음먹은 이유는 앞에서 밝혔던 바이지만, 사실 나의 청소년기는 심각하게 뒤틀린 상황에 처해 있었다. 그때마다 찾았던 곳이 마을 앞으로 흐르는 강이었다. 굳이 찾았다기보다 갈 곳이 강가밖에 없었다고 말하는 게 나을 것이다. 강둑에 앉아 흘러가는 강을 바라보면 강 너머 들판을 지나 우뚝 서 있는 모악산도 이래저래 슬펐던 사춘기 소년의 마음을 어루만져줬다. 내 소식을 얼핏 들은 한 친척은 내가 불량배가 됐을 거라고 짐작했었다고 훗날 말한 적이 있다. 모르겠다. 내가 정말 읍내의 골목에서 살았다면 골목에서나 거들먹거리는 불량배가 되었을지도. 불량배가 되지 말라는 뜻이었는지는 모르겠지만, '하느님의 발길'(함석헌)이라는 것이 있다면 차라리 그것에 채여 그리됐다고 믿어보는 것도 좋겠다는 생각이 든다. 당시에는 매일 바라보는 강이 특별한 의미로 다가온 것은 분명 아니었다. 의미란 어차피 경험의 사후

해석 결과가 아닌가. 그냥 강물과 내 몸이 서로를 의식하지도 않으면서 함께 시간을 보냈다고 하는 게 더 타당할 것이다.

자본주의 생산체제에서 경제성장은 자연의 파괴 없이는 불가능하다. 왜냐면 경제에 필요한 재료와 에너지는 자연이 그 원천이기 때문이다. 오늘날 기후위기 문제로 조만간 궤멸적인 상황이 올 거라는 과학적인 예측과 함께 탄소 배출을 줄여야 한다고들 말하는데, 탄소 배출을 줄이자는 것은 사실 경제성장을 멈추자는 것과 같은 뜻이다. 하지만 각국의 정부와 기업들은 그럴 생각이 없는 듯하다. 걸핏하면 '미래'를 팔아먹으며 혁신을 부르짖는 자본은 본래 미래에는 관심이 없는 법이다. 미래가 있다 하더라도 이윤을 얻을 수 있게 해주는 미래인가 아닌가만 중요하다.

달리 말하자면 지금과 같은 자본주의 방식으로는 다음 세대가 절대적으로 안전하지 못할 것이라는 이야기이다. 더구나 경제성장으로 인한 자연의 파괴는 우리의 영혼이 기댈 수 있는 '신비한 이성'도 파괴하고 말았다. 경제적 불안, 즉 먹고사는 문제로 우리의 내면이 뒤틀릴 대로 뒤틀린데다 그 뒤틀림을 하소연할 수 있는 지성소를 빼앗긴 것이다. 그리고 지금 자연은 휴일에 잠깐 들르는 휴게소로 전락했다. 하지만 '경제성장'이라는 말에는 이 모든 것을 은폐하는 교묘한 힘이 담겨 있는데, 마르크스가 말한 것처럼 이윤의 원천이 노동력의 착취, 즉 잉여가치인 것을 숨기는 데에 비견될 만하다.

더글러스 러미스는 『경제성장이 안 되면 우리는 풍요롭지 못할 것인가』라는 책에서 다음과 같이 말한 적이 있다.

> 되풀이하는 말입니다만, 이 경제 발전 이데올로기의 힘이란 무섭습니다. 그 틀이나 문맥 속에서 오늘날의 세계를 보면 전혀 다른 것이 보입니다. 혹은, 세계를 보아도 무슨 일이 일어나고 있는지 전혀 알 수가 없습니다. 그런 힘을 경제 발전 이데올로기는 가지고 있습니다.
>
> 자연에 대한 폭력적인 행위나, 혹은 문화나 문명에 대한 폭력적인 행위를 보더라도 그 폭력성이 보이지 않습니다. 예를 들면 예로부터 전해져온 한 문화가 눈앞에서 파괴되고, 조상으로부터 전해져온 기술이 없어지고, 음악이 없어지고, 말이 없어집니다. 그것을 보고 '발전'이라 부릅니다. 그런데 그렇게 말하면 '그런가, 이게 발전인가'라고 체념을 하거나 '서글픈 일이지만 달리 방법이 없다, 필연적인 일이다'라는 식으로 생각을 바꿉니다. 경제 발전 이데올로기에는 이런 힘이 있습니다.

지금껏 한 이야기를 뒤집어서 이렇게 물을 수도 있을 것이다. 경제성장이 되면 우리는 안정적인 꿈을 꿀 수 있고 그렇지 않으면 불안에 휩싸여 산다는 말인가? 그것은 너무 도식적이지 않은가? 확실히 경제성장 시대에는 세속의 바람과 꿈이 어느 정도 충족될 가능성이 크지만 그것 자체가 우리의 존재를 풍요롭게 한다고는 말할 수 없다. 경제적 부가 반대로 우리를 타락시키기도 하기 때문이다. 반면에 저성장은 확실히 세속의 바람과 꿈을 불안정하게 만들고 그러면서 이번에는 내면을 다른 방향으로 뒤트는 경향이 있다. 하지만 경제성장 시기를 통과해오면서 우리는 우리의 존재 바탕인 자연을 잃은 것이 사실이고 저성장 시대에 와서 보니, 그러니까 경제성장이 역사의 필연이 아닌 것을 깨닫고 보니, 우리를 지탱해주던 토대 자체가 사라져버렸음을 확인하게 된 것이다. 결국 우리는 경제성장을 통해서 우리의 존재를 일부 망실한 셈이다. 존재를 '일부' 망실했다는 것이 과연 말이 되는지는 모르겠지만, '일부'라고 말해둬야 그나마 회복을 꿈꿀 수 있을 것 같다.

경제성장 시기에 결국 나도 강을 떠나야 했다. 솔직히 말하면 개인적인 문제가 더 크기는 했다. 나의 개인사를 보다 큰 역사적 지평 위에서 읽으려고 하는 것은 무슨 허황한 의미를 부여하려거나 또는 조금은 비루한 개인사를 위로하려는 게 아니다. 얼핏 보면 무관한 듯 보이고 아직까지도 정확한 연결 지점을 찾았다고 말하지는 못하겠지만, 이렇게 자꾸 바로 보는 능력을 길러야만 지금과는 다른 좋은 삶을 상상할 수 있으리라 믿기 때문이다. 현재 우리의 정신이 사막화되어가고 있다는 우울한 느낌이 전혀 엉뚱한 것이 아니라면, 여기에도 어떤 서사가 배어 있을 것이라고 나는 생각했고, 혹 경제성장(또는 저성장)과 관련이 있는 건 아닌가 하고 살아온 시간과 겹쳐보았다. 여기에 무슨 논리가 있는 것도 아니고 그렇다고 결론이 그리 과학적이지 않다는 것도 알겠다. 그리고 우기고 싶지도 않다. 다만 어느 경험주의자가 세계에 대한 위기의식 때문에 중얼거리는 혼잣말이라고 읽어주면 고맙겠다.

# 바이러스는 악이 아니다

바이러스는 악이 아니다. 오히려 바이러스는 생명의 그물망에 함께 존재하는 친구이다. 다만 만나야 할 인연과 만나서는 안 되는 인연이 있듯이, 공존이 불가능한 바이러스를 만나 우리가 곤욕을 치르고 있는 것이다. 공존이 가능한 존재들이 많으면 많을수록 그 개체의 삶은 풍요로워지겠지만 반대로 공존이 불가능한 존재가 많아지면 삶이 위험해진다. 우리가 사는 현실에도 여러 '좋은 삶'이 공존한다면 공동체의 역량이 증대한다는 논리도 성립된다. 이 말은 단 하나의 체제가 우리의 삶을 지배한다는 것은 좋은 삶과 무관하다는 말도 된다. 그런데 이것은 단지 하나의 논리이지 현실에서는 있을 수 없는 일일까?

작년에 새로 등장한 바이러스 친구에게 얼굴이 있다면 그 얼굴에 비친 우리의 모습은 어떤 것일까 하는 생각이 떠나질 않는다. 죄다 마스크를 쓰고 다니니까 상대방의 눈동자를 읽으려는 본능이 꿈틀거리듯이, 좀처럼 떠나지 않는 이 바이러스 친구에게 우리의 사는 꼴이 무엇인지 묻는 것도 가능하리라는 생각이다. 우리가 알고 있던 상식을 한 번은 의문의 법정에 세워야 했지만, 지금껏 일상이 반복되다보니 아무도 그런 일을 행하려 하지 않았거나 누가 그러기라도 하면 비웃기 일쑤였다.

이 바이러스 친구 덕에 그동안 아무리 사나운 논리와 언어와 스트라이크와 봉기로 공격해도 철옹성 같았던 자본주의가 요동치기 시작했다는 말도 들려온다. 이 익숙한 체제가 붕괴된다면 그 과정에서 수많은 사람들이 위험에 처할 것이다. 물론 지금 붕괴를 예측하는 것도 섣부른 일일 것이다. 그러나 '기본소득'이나 '헬리콥터 머니'라는 말이 급부상하듯이 그동안 역시 비웃음의 대상이었던 이야기들이 눈앞에 그려지고 있는 것도 사실이다. 격동하는 현실 속에서 관념으로만 존재하는 것들이 그대로 구현되는 것은 불가능하겠지만, 조금이나마 꿈이 현실 쪽으로 흘러들어오는 것을 지켜보는 일은 그래도 흥미롭다.

예컨대, 지금 거론되고 있는 '재난기본소득'은 그동안의 기본소득론과는 판이한 것이다. 하지만 바이러스가 자신의 코나투스conatus로 인해 항상 변이하듯이 기본소득도 그것이 현실화될 때에는 엉뚱한 분장을 하고 나타날 가능성이 있다. 그리고 더이상 기본소득이라 불리지 못할 수도 있다. 하지만 '기본소득'

을 지금껏 말해온 그대로 구현해야 한다는 주장은 도리어 현실로부터 소외될 수도 있다. 이 말이 미리 현실과 타협할 자세를 취하려는 것으로 비칠 수도 있지만, 내가 말하고 싶은 것은 어떤 훌륭한 아이디어나 이념도 논리 그대로 현실화되리라 믿는 것은 신념이 아니라 관념에 가까울 수도 있다는 말이다. 어쩌면 기본소득은 칸트식으로 말해 규제적 이념일 수도 있으며, 우리는 이 규제적 이념을 통해 꿈을 꾸기도 한다.

아무튼 '재난기본소득' 같은 처음 실시되는 정책이 얼마나 지속될지, 더불어 그 부족한 점을 넘어 어떻게 다시 나타날 수 있을지 상상하는 것은 유쾌한 일이다. 그래서 굳이 이런 작은 변화에 트집잡고 싶은 생각은 없다. 많은 사람들이 코로나 바이러스 이전으로는 돌아갈 수 없다고 목소리를 높이지만, 코로나 바이러스가 아니더라도 우리의 삶이 지난 시절로 역주행하는 것 자체가 불가능한 법이다. 중요한 것은 앞으로 펼쳐질 일에 대해 실질적으로 대비하고 마음가짐을 조금씩 바꾸어나가는 것이 아닐까. 하지만 이 또한 앞으로 펼쳐질 일을 예단하는 것에 불과하며, 이 예단은 우리의 미래를 미리 봉인하는 효과를 가져올 수도 있다. 나는 현정부가 내놓은 '한국판 뉴딜'에서 숨이 턱 막히는 느낌을 받았는데, 그것은 앞에서 말한 것처럼 미래를 이러저러한 알고리즘에 따라 봉인하는 것 같아서였다.

다 떠나서 과연 '한국판 뉴딜'이라는 것이 코로나 바이러스가 일러준 우리의 모습을 이성적으로 숙고한 바탕에서 제시된 것일까? '한국판 뉴딜'은 코로나 바이러스가 미리 일러준 기후 위기 때문에 벌어지는 일을 한낱 경제적 차원에서 대응해보겠다는 얄팍한 꼼수 이상의 것이 아니다. 지구의 온도가 올라가면서 심각하게 대두될 문제의 목록 중 가장 윗자리에 바이러스와 균류의 창궐이 있을 텐데, 어떻게 하면 올라가는 지구의 온도를 붙잡을 수 있을까 하는 고민이 전혀 담겨 있지 않다. 도리어 기후위기를 더 조장할 것으로 예견되는 정책들이 대부분이다. 이런 식의 정책과 정치가 계속되는 한, 훗날 더 지독한 바이러스를 맞이하면서 지금의 '코로나19'라는 친구를 차라리 그리워하게 될지도 모른다.

삶에서 경험만큼 중요한 것도 없다. 우리는 경험에 의해 몸이 변하고 생각이 변한다. 더러 굳센 정신 활동이 어떤 변화를 가져오기도 하지만, 그 또한 경험을 거치지 않고서는 잠재적인 상태일 뿐이며 때로는 사상누각에 지나지 않음이 드러나기도 한다. 그러니까 무언가를 직접 몸으로 느껴보면 우리의 관념도 저절로 변이를 일으키게 되는데, 이것은 논리 이전의 차원에 속하는 것이다. '코로나19'라는 바이러스 친구를 통해 그동안 우리가 불필요한 생산과 놀이 속에서 살아왔다는 것을 깨닫듯이 말이다.

지금까지의 상황을 좀 따져보면, 이른바 글로벌 시대를 사는 우리들 자신이 바이러스의 매개체 역할을 톡톡히 한 것도 사실이다. 특히 1990년대 들어 자본의 이동이 너무도 자유로워졌고, 뒤이어 국가 단위의 필터링이 있기는 했지만 노동의 이동이 시작되었으며, 급기야 지금처럼 여행과 유학이 일상화되면서 우리는 그야말로 '지구촌'에 거주하게 되었다. 우리는 그동안 이게 무슨 대단한 자유라도 되는 듯이 살아왔지만, 결국 이 모든 것들이 우리의 삶을 허약하게 만들어버렸던 것이다.

사실 감염병의 경우 지역 간 문턱은 그 역할이 자못 크다. 지역 간 문턱은 삶의 최소 단위를 설정하는 구획선인데, 이 말은 지역 단위의 폐쇄적인 삶을 가리키는 것이 아니라 지역이 삶의 기초가 되어야 한다는 것을 가리킨다. 지역 안에서 필요한 물자와 서비스를 유통시키고, 지역의 특성으로 인해 발생하는 병을 관리하고 치유하는 것이 내가 말하는 삶의 고유 모습이다. 그런데 우리는 이것을 무너뜨리는 일이 곧 개방적이고 현대적인 것인 양 착각하며 살아왔다. 사실 이 모든 것은 자본이 획책한 것일 따름이지만, 우리는 그것을 애써 모른 척하고 소비의 자유를 만끽하며 살아온 것이다.

따라서 세계여행을 통해 만들어진 우리의 자아 자체가 바이러스의 일종일 것이다. 바이러스 친구 덕에 불필요한 여행과 활동이 멈춰지니 사라졌던 생명들이 돌아오기까지 하는 것은 그 생생한 방증이 아닐까. 우리가 스스로 멈추지 못하니 바이러스 친구들이 우리를 강제로나마 멈추게 한 것이다. 하지만 바이러스가 생활에 필요한 기초적인 만남과 활동마저 크게 제약하고 있는 것도 사실이다. 지독했던 관행을 끊어내기 위해 그만큼 지독한 강제력을 쓰고 있는 것인가 하는 생각도 들지만 말이다. 그래서 나는 감히 '코로나19'를 신의 '검은 언어'라고 부르기도 한다.

그러고 보면 공존 불가능한 바이러스 친구를 통해 애초에 공존해야 했던 존재들이 돌아올 가능성을 확인한 셈이다. 나는 이번 기회에 우리와 함께 공존해야 하지만 우리가 내쫓은 존재들의 목록을 잠시 떠올려봤다. 물론 그것들은 내가 예전에 만났던 존재들의 소환에 지나지 않지만 말이다. 며칠 전 시골에 계시는 어머니와 통화하다가 나도 모르게 '지금이 옛날보다 더 살기 힘들지 않나요?'라고 여쭈었다. 그 지독한 빈곤과 전쟁의 설움을 먹고 살아온 분의 입에서는 '그렇다'는 짧은 답이었다. 그 빈곤과 설움마저 뒤로 밀쳐두게 한 현재의 원인은 대체 무엇일까.

백무산 시인의 시 중에 「교환가치」라는 작품이 있는데, 시인은 거기에서 이렇게 말한 바 있다.

그 가난했던 시절에
모두 어슷비슷하게 살아왔는데도

생각은 왜 그처럼 가지가지였는지

이 풍요가 너절한 세상에
각자 다르게 사는 것이 패션인 시절에
어쩌면 생각이 이처럼 같은지

우리는 다양성이 만개한 사회에서 살고 있는 것 같지만, 자본이 강제한 획일성을 살고 있을 뿐이다. 다양한 것은 상품의 외형이고 상품이 강제하는 것은 언제나 단 한 가지이다. 소비하라, 그러면 존재할 것이다! 과잉 생산된 상품은 언제나 그것을 소비시킬 시장을 찾는다. 아니, 찾는 게 아니라 필요하다면 물리력을 동원해 만들어내기도 한다. 이 시장의 개발을 자유무역이라는 이름으로 부르지만, 냉정하게 말하면 부자 나라의 중산층 이상이 가난한 나라의 민중을 힘들게 하는 것이며 우리가 살아가는 데 필요한 공통의 토대, 즉 이 세계를 파괴하는 것일 따름이다.

어쨌든 만만치 않은 '코로나19'라는 바이러스 친구 때문에 우리가 사는 세계가 꽤나 명확해졌다. 베냐민은 '역사철학테제'라 불리는 「역사의 개념에 대하여」라는 글에서 이렇게 말한 적이 있다. "맑스는 혁명이 세계사의 기관차라 말했다. 그러나 어쩌면 사정은 그와는 아주 다를지 모른다. 아마 혁명은 이 기차를 타고 여행하는 인류가 비상 브레이크를 잡아당기는 행위일 것이다." 현재 우리가 타고 있는 기차의 속도는 베냐민이 타고 있던 기차에 비할 정도가 아니다. 어쩌면 우리가 타고 있는 기차의 비상 브레이크를 잡아당긴다면 인류는 그 관성으로 인해 궤멸적인 상황을 맞을지도 모른다.

니체는 『아침놀』이라는 책에서 다음과 같이 말한 적이 있다. "[병에 걸린 몸을] 가능한 깊숙이 변화시키려면 우리는 약을 극소량으로 그러나 장기간에 걸쳐 지속적으로 복용해야 한다! 어떤 위대한 일이 단번에 성취될 수 있겠는가! 그래서 우리는 우리가 길들어 있는 도덕의 상태를 성급하게 그리고 폭력적으로 사물들에 대한 새로운 가치 평가와 바꾸지 않도록 주의하려 한다." 이는 역사를 대하는 조급한(사람들은 '조급함'과 '급진적임'을 너무 자주 혼동한다!) 태도와 마음을 경계하라는 금언으로 새길 만하다.

적의 얼굴에 비치는 모습이 가장 정직한 자기 모습이다. 맑은 거울의 뒷면에는 치명적인 독이 발라져 있다. 거울을 보면서 우리가 얻는 것은 나르시시즘밖에 없는데, 나르시시즘은 독이 선물한 것이라는 뜻이다. 뒤집어 말하면 나르시시즘이 독이라는 것이다. 반대로 적은 앞면이 독일지는 모르겠으나 그 뒷면은 가장 맑고 순수한 모습이다. 지금 우리들 사이를 가로지르며 철 없이 날뛰는 바이러스는 악이 아니라 우리의 친구일 수도 있다. 다만 지금 당장은 서로가 괴로운 관계일 뿐이다. 이 괴로움 속에서 우리의 현재 모습을 보지 못한다면 괴로움은 앞으로도 지속될 것이고, 더 고약한 괴로움이 속속 문을 두드릴 것이다. 앞으로 또다른 바이러스 친구들이 우리를 찾아오는 날은 '자가 격리'니 '사회적 거리 두기'니 같은 것으로는 어림도 없을지 모른다.

이렇게 말하고 나니 일종의 정신승리로도 읽힐 수 있겠다는 생각이 들지만, 단언하건대 이것은 어느 나르시시스트의 정신 승리가 아니라 삶이 그만큼 지독한 역설덩어리임을 다시 한번 되새겨본 것이다.

2부

# 문학을 해야 하는 시절

# 문학을 해야 하는 시절이 왔다

문학이 무엇이고 무엇이어야 하는지 하는 물음은, 문학의 바깥으로부터 진입해서 문학의 관절을 분질러놓은 뒤 심장을 가로질러 어두컴컴한 지하에 도착한다. 그리고 그 어둠을 댕댕 울린다. 지하에서 들려오는 그 울음소리에 작은 오두막은 밤새 잠을 이루지 못하고, 도망친다는 게 고작 얼마 전 헤어진 이를 떠올리거나 어릴 적 몸을 담그고 놀던 냇물에 몸을 부비는 햇볕에 이르러 실눈을 떠보지만, 그 물음은 그마저도 용납하지 않고 끊임없이 답을 내놓으라고 한다. 답을 알 리 있나. 몰라서 도망가기 바쁜데 그 심정을 당연히 알아주지 않는다. 묻는 일이라는 게 원래 이런 거라는 걸 알고 있다 해서 괴로움이 감해지는 것은 아니다.

한편에서는 한국 문학의 눈부심에 놀라는 것 같고, 한편에서는 한국 문학의 가벼움에 절망하는 것 같다. 이 난감한 상황에 책임이 전혀 없다고 할 수는 없는 처지로서, 그렇다고 딱히 무엇을 책임져야 하는지에 대해서도 모호한 상태를 벗어나보고자, 말은 많은데 변죽만 울리고 있음을 당신은 알지 못하는 것 같다. 당신이 진의를 모르면 모를수록 말은 더 많아지니 결국은 내가 공범이라는 것을 스스로 실토한 셈이 되고 만다. 딱히 문학 공부에 열심인 적이 있었던가 되돌아보면, 내게는 사실 비판의 자격도 한참 부족할 뿐이다. 하지만 내가 공범인 것은, 어쨌든 뭔가를 써서 출판을 해왔고, 이런저런 심의에 관여했으며, 되도 않게 한국 문학의 일부 영토에 대해 발언한 적이 있기 때문이다.

위기를 느끼기 시작했다면 그것은 문학 내부의 문제 때문이라기보다 문학을 둘러싼 현실 때문이다. 문학과 현실이 분리된 게 당연히 아니고, 변화무쌍한 현실이 문학의 태도와 윤리와 언어를 규정한다는 오랜 믿음이 있었기에, 요즈음 현실의 어지러움에 대해서 문학의 책임도 크다는 생각을 지울 수가 없다. 이른바 문학의 현실 참여가 이런 것이었나 하는 참담함이 급습할 때면 내 나름의 오랜 신념을 나도 모르게 뒤집어보게 된다. 뭐가 나오는가 보려고 말이다. 지금 쏟아지는 저 말들은 혹 예전에 내가 했던 말들은 아닌가, 지금 광장을 가로지르는 저 신념은 오래된 나의 것과 닮은 데는 없는가, 지금 범람하는 저 분노는 예전에 내 안에서 요동친 것과 혹 같은 것일까 하는 상념들이 술자리에 한가득하다.

김종철 선생의 운명 소식을 들은 것은, 서둘러 사무실을 청소하느라 약간 정신이 없을 때였다. 그 순간의 내 상태를 어떻게 설명할 수 있을지 모르겠지만, 개인적인 어떤 순간의 모습을 일일이 말하는 것도 별 의미 없는 일일 테다. 또 여기가 굳이 선생과의 인연에 대해 이야기하는 마당도 아니다. 다만 선생 사후에, 꽤 오랫동안 안에서 맴도는 물길을 막고 있던 둑이 툭 터지는 느낌이 찾아왔다는 것만 말하고 싶다. 쾌감이었냐고? 당연히 그것은 고통의 형태를 띠고 있다. 그러고도 그 물길의 정체가 무엇인지 몰라 한참을 헤맸는데, 그것을 어렴풋이나마 알게 된 것은 최근의 일이고 그 물길의 정체가 무엇인지는 내게 닥친 현실이 알려주었다.

비평가들에게는 꽤나 문학의 미래를 내다보고 싶어하는 성미들이 있는 것 같다. 나는 그것을 이해하면서도 무망한 일이라고 생각하지만, 나 또한 그것에 대해 더듬거리는 내 모습을 발견하기도 한다. 사람들은 시가 어느 예술 장르보다도 교환가치가 떨어지니까, 즉 현실에서 무용하기 때문에 오래 살아남을 것이라 말하지만 나는 그 장담을 언제부턴가 신뢰하지 않게 되었다. 예전에는 나 자신이 그 입장에 확고하게 서 있었지만 지금은 물렀다는 게 맞을 것이다. 그동안 한 가지를 간과했던 것이다. 그것은 시가 현실에서 출발하는 것이며, 시를 쓰는 주체의 내면과 정신마저 구체적인 현실에 크게 영향 받는다는 사실을 말이다. 지금처럼 사물이 기호화되고, 장소가 획일화되고, 문화가 상품이 돼버린 환경이 시인들의 내면과 정신에 작용하고 있음을 놓친 것이다.

2011년 즈음인가 우리들은 해군기지 건설 예정지인 제주도 서귀포시 강정마을의 중덕 해안가를 찾았다. 거기에는 기지 공사로 파괴되기 전의 구럼비가 있었다. 구럼비는 폭이 60미터 정도, 길이가 1.2킬로미터로 알려진 거대한 용암바위인데, 울퉁불퉁한 형태를 띤 채 마치 수천 개의 바위가 모여 있는 것 같은 착각을 불러일으킨다. 우리는 거기서 (고작) 시낭송을 하고 구럼비를 걸어보기만 했으나 나는 뜻밖에도 구럼비에게서 큰 것 하나를 얻었다. 용암바위이다보니 작은 구멍들이 무수히 많은데, 그 모습이 내게는 지극히 아름다운 현대 추상화처럼 보였다. 사실 추상이라는 것이 여러 구체적인 것들을 단순히 요약하거나 그것들을 초월한 상태는 아닐 것이다.

미술 이론은 잘 모르고 또 미술 이론과는 관계없는 생각이지만, 추상의 형태를 가지려면 구체적인 사물이 살아온 시간이 필수적일 것이다. 시간이라는 개념은 또 얼마나 추상적인가. 내가 말하는 시간은 구체적인 사물이 맞아야 했던 사건의 총체를 말한다. 나는 구럼비의 표면을 허리 숙여 바라보면서 그동안 겪었을 파도와 바람과 햇볕을 떠올렸다. 그리고 대대로 살아온 강정마을 사람들의 발길을 생각했다.

요즈음 한국 문학을 끌고 가는 작가들이 문학 바깥의 구체적인 세계와 얼마만큼 자주 그리고 깊이 만나는지는 알 수 없지만, 아무래도 그렇다는 실감을 얻기가 쉽지 않다. 도대체 무슨 말을 하고 있냐고, 어디든 자유롭게 오갈 수 있는 세상에 문학 바깥의 세계를 작가들이 경험하지 못한다는 게 말이 되느냐고 반박할지 모르겠으나, 그것은 존재를 마주하는 방식이 아니라 대도시에서 얻은 긴장을 잠시 해소하는, 말 그대로 여행의 방식이었을 공산이 크다. 자연의 영혼을 받아들이는 일에 얼마나 능동적인지는 잘 모르겠다는 말이다.

우리가 자연의 영혼을 바라볼 때 자연의 영혼도 비로소 우리의 영혼을 마주보는 법이며, 그때 우리에게 새로운 영혼이 덧붙는다고 나는 믿는다. 영혼은, 바깥으로 향하는 생명력이 어떤 장벽을 만나 안으로 구부러진 것이라는 말도 있다. 이때 장벽은 꼭 부정적인 것만은 아니다. '나'와 다르지만 '나'와 겹치는 영역도 있고, 뒤섞이지 못하는 부분도 가진 존재라고만 말해두자. 예컨대, 목숨 가진 것들에게는 빛과 어둠이 함께 필요하지 않은가 말이다.

자연을 앎의 대상으로 삼는 것은 근대 문명의 본질에 해당되는 문제인데, 앎은 우리에게 효용을 가르쳐주기도 한다. 그리고 앎은 결과만을 수취하는 정신의 상태를 부단히 자극하고 또 장려한다. 앎 자체가 결과이기도 하며, 우리는 그 결과물로 삶을 꾸리는 많은 전문가와 지식인을 잘 알고 있다. 그들은 언제나 자신의 앎으로 세계를 판단하고 규정하려 한다. 그리고 세계는 자신들의 앎에 굴복해야 하고 그래야 옳다. 나는 이것이 앎이 가지는 어쩔 수 없는 속성이라고 본다.

그러나 세계는 근대인의 앎 따위와는 상관없이 움직이고 깊어지며 심지어 어떤 파괴를 준비하기도 한다. 과학과 경제를 신앙하는 사람들의 앎은 지금껏 지나치게 세계를 단순화시켜왔다. 예를 들면, 지진은 지진이 지리적으로 일어나는 곳에서만 일어나며, 전염병은 경제성장이 미흡한 가난한 나라에서만 퍼진다는 등의 말로. 물론 이런 우스꽝스러운 앎이 점점 그 바닥을 드러내고 있기는 하지만 아직까지는 이런 앎이 강한 힘을 부리고 있다.

내가 어느 날 갑자기, 이제는 정말 문학이 필요한 때이고 문학을 해야 하는 시절이 왔구나 하고 혼자 중얼거리게 된 것은 이런 현실 인식 때문이었다. 앞에서 말했지만, 이런 현실 인식의 물길이 내게 번개처럼 온 것은 아니다. 아마도 그것은 이런저런 사건과 내가 저지른 오류들로부터 시작되었을 것이다. 물길의 시작은 작은 샘이었을지 모르지만, 작은 샘도 바다로부터 대기를 거쳐 지하수로 스며든, 갠지스강의 모래알보다 많은 물방울들이 흐르고 모여서 만든 것이다. 이제 정말 문학이 필요한 때이고 문학을 해야 하는 시절이라는 자각은 문학이 어떠해야 한다는 해답을 내가 알고 있다는 것을 의미하지 않는다. 다만 어떤 물길이 졸졸 흐르고 있음을 느꼈다는 것 이상이 아니다.

코로나 바이러스가 앞으로 인류에게 닥칠 가공할 시간의 전조인지 뭔지 자신 있게 말할 처지는 아니지만, 그 시간마저 잘 살아낼 수 있는 윤리와 태도를 코로나 바이러스가 촉구하는 것만은 틀림없어 보인다. 여기에는 물론 인류가 그동안 저질러왔고 지금도 저지르고 있는 일들에 대한 투쟁도 포함된다. 이에 대한 나의 답이 새삼 문학인 것이며, 여기서 뒷걸음질치면 끔찍한 야만의 시절을 살 것 같은 예감이 떠나질 않는다. 왜냐면 코로나 바이러스도 앞에서 말한 자연의 모습이며 우리를 비춰주는 힘을 가진 존재이기 때문이다. 어쩌면 김종철 선생은 이 존재를 너무 깊이 바라보시다 떠났는지도 모르겠는데, 그에 대한 심증은 선생을 따랐던 이들 사이에 꽤 공유되어 있는 상태다.

다시 장대비가 쏟아진다.

# 시인 김종철

김종철 선생은 문학비평집 『시적 인간과 생태적 인간』(삼인, 1999)의 「책머리에」 첫 줄에 "소년 시절에는 시인이 되는 게 꿈이었다"고 적었다. 그러면서 "비교적 일찍부터 시인이라는 게 단지 감상적인 말들을 잔뜩 늘어놓기 좋아하는 사람들이 아니라는 것에 대해서는 어느 정도 이해하고 있었는지 모른다. 아마도 철없는 소견으로도 시인이란 보통 사람들과는 다른 것을 섬기는 사람이라는 느낌을 나는 갖고 있었는지 모르며, 그러한 시인의 존재에 까닭 모를 흥미를 느꼈는지 모른다"고 이었다. 선생의 소년 시절 꿈이 시인이었다는 고백은 제법 회자되기는 했지만 정작 선생의 본심인 그다음 문장은 회피된 감이 없지 않다. 사실 이 문장은 단순하게 제출된 것처럼 보이지 않는다. 먼저 시인에 대한 선생의 근원적인 관념이면서 한편으로는 현실의 시인들이 "감상적인 말들을 잔뜩 늘어놓"고 있거나 "다른 것을 섬기는 사람"이라는 씁쓸한 비판이기도 한 것이다.

지난 6월 25일 벼락처럼 들려온 선생의 운명 소식은 그를 알고, 존경하고, 아끼고, 멀리서 바라만 보던 사람들에게까지 이만저만한 충격이 아니었다. 우연찮게, 그러나 좀 거창하게 말해 어떤 역사적 사건을 계기로 선생을 가끔 만나게 되면서 나는 선생의 활력 넘치는 사고와 언어, 그리고 전체 사안을 꿰뚫어보는 직관의 힘에 놀라곤 했는데, 그때마다 그 근원이 무엇인지 궁금했다. 사실 선생에 대한 이런저런 이야기들을 살아계실 때에도 들었고 사후에도 들었지만 내 느낌과는 조금 거리가 있었는데, 이 말은 세상에 비친 선생의 모습이 그만큼 다종다양했다는 뜻이기도 하다.

어쩌면 "시인이 되는 게 꿈이었다"는 사실 외의 시인에 대한 생각은 훗날, 그러니까 선생이 문학비평을 지나와 〈녹색평론〉을 발행하면서 생긴 관념일지도 모르며, 그 관념이 소년 시절 꿈에 투사되었을 가능성도 없지 않다. 하지만 여기서 중요한 것은 선생의 '소년 시절의 꿈'이 아니다. 그가 실제로 살아온 여정이라든가 남긴 글을 통해 사람들이 '사상'이라고 부르는 끈질긴 신념과 입장, 그리고 바람이 무엇이었는가를 되새겨보는 것이 훨씬 더 생산적이다. 그것이 선생에 대한 진정한 애도 혹은 예의이기도 하며 그의 유산에 대한 비판적 점검까지 가능하게 할

것이다, 하지만 그것들을 모두 살피고 정리하고 그 의의를 찾는
일은 내게 버거울뿐더러 이 글의 주제와도 맞지 않는다. 여기서
는 현실을 바라보는 선생의 가장 근원적인 관점이랄까 또는 심
층적인 바탕이 무엇인지에 대해서만 내 나름으로 어림잡아보
고 싶다.

　다시 『시적 인간과 생태적 인간』의 「책머리에」에서 선생은
"시적 사유의 본질에는 어떠한 인공적인 조작물로도 대체할 수
없는 세계의 근원적인 아름다움이나 풍요로움에 대하여 본능
적인 인식이 내재되어 있는 것이다"라면서, "모든 진정한 시인
은 본질적으로 가장 심오한 생태론자일 수밖에 없는 것이다"라
고 단언한다. 이런 선생의 평소 생각 때문인지, 문학잡지가 아닌
데도 〈녹색평론〉에 시를 소개하는 일을 멈춘 적이 없으며, 생태
위기에 대해서도 기술적·외면적 방법보다 "중요한 것은 우리
자신의 내면적 에콜로지"라 말하기도 했다. "내면적 에콜로지"
가 정확히 무엇인지 드러나지는 않았지만 아무튼 생태 위기를
극복하기 위한 운동은 마음을 변화시키는 일에서부터 시작되
어야 하는데, "이 마음의 변화에 대하여 가장 민감한 사람이 시
인"인 것이다. 그래서 "시인은 인간의 마음을 창조하는 사람"이
기에 "인간의 미래가 어두워질수록 오히려 시의 장래는 더 밝
을 수 있다"는 게 선생의 진단이었다.(「시적 인간과 생명의 논리」,
같은 책)

이런 발언을 했던 시기가 1999년이니 20년이 지난 지금 "시의 장래"가 선생의 예상만큼 밝아졌는지 어떤지는 알 수 없지만, 어쨌든 선생에게 시는 생태적 위기를 헤쳐나가는 데 있어서나, 또 그러기 위해 필요한 인간의 마음을 변화시키는 일에서도 중요했다. 그런데 시에 대한 선생의 입장은 시를 쓰는 주체만 염두에 둔 게 아니다. 좀더 자세히 말한다면 '시의 마음'을 누구나 가지고 있어야 한다는 말에 더 가깝다. "이 가공할 생태적·사회적·실존적 위기 앞에서" "우리 자신이 살찐 돼지나 로봇의 처지로 떨어지지 않으려면 우리가 다른 무엇보다 시적 존재로서의 자기 자신을 재발견하고 강화할 필요가" 있는 것이다.(「책머리에」, 같은 책) 선생이 보기에 "산업 문화의 압도적인 지배 밑에서 우리가 시라는 형식을 유지하고, 그것을 통해서 우리 자신의 인간으로서의 근원적인 감수성을 습관적으로 확인하고 있다는 것은 하나의 구원인지도" 모르기 때문이다.(「시의 마음과 생명 공동체」, 같은 책)

지금까지 두번째 문학비평집 『시적 인간과 생태적 인간』에 실린 시에 대한 선생의 발언을 소개했지만, 이 발언의 근거와 맥락이 복잡해서 친절하게 설명하기가 쉽지는 않다. 한 가지 확실한 것은 시에 대한 선생의 발언은 이런저런 기왕의 시론詩論을 참조한 것이 아니라 현실에 대한 쟁투 속에서 피어난 믿음과 같다는 점이다. 여기서 '믿음'이라고 해서 무슨 종교적 신앙으로 받아들여서는 안 된다. 간헐적으로 김수영 시인의 '온몸으로 시쓰기'를 소개하는 데서 느낄 수 있듯이, 시에 대한 선생의 발언은 자신의 구체적 실천과 고뇌를 통해 얻었다고 보는 게 옳다. 사실 '믿음'이라는 것은 구체적 실천과 신체적 감각을 통해서만 형성된다. 물론 그 '믿음'이 항구적이란 뜻은 아니다. 만일 그 '믿음'이 항구적이라면 그것이야말로 독단일 것이며, 이것은 선생의 확실한 신념, 즉 우리는 우리 자신이 유한한 존재임을 받아들일 수 있을 때에 자유를 얻게 된다는 것과도 어긋난다.

———

이 글의 제목을 '시인 김종철'이라고 단 것은, 현실을 바라보는 선생의 근본적인 관점이 바로 '시의 마음'에서 비롯되었다고 평소에 판단했기 때문이다. 아니, 조금 더 솔직히 말해 개인적인(아니, 약간은 공동체적인) 인연을 10년 동안 이어오면서 나는 선생에게서 시인의 풍모를 많이 느꼈다. 어떤 이들은 현실에 대한 선생의 발언들을 이유로 나의 이런 판단에 의아해할지도 모르겠다. 아닌 게 아니라 그동안 김종철 선생이 세상에 던진 화두와 글들은 매우 현실적인 주제들이었다. 환경위기와 생태 문제, 핵발전소 문제, 기후변화, 기본소득, 민주주의 등에 대한 발언은 어떤 사회과학자들보다 구체적이었고 또 실천적이었다. 앞에서 내가 선생을 처음 만나게 된 계기로 감히 "역사적 사건을 계기로" 운운한 것은, 이명박 정부의 4대강 사업 때문에 한국작가회의 자유실천위원회 부위원장을 맡고 있던 내가 선생께 도움을 청하면서부터였다.

공교롭게도 선생이 〈녹색평론〉을 창간한 1991년 11월 이후, 자폐적일 정도로 왜소해진 자아 안으로 움츠러들기만 했던 기성 시단이나 그 독자들 입장에서는 선생을 '시인'이라고 부르는 게 터무니없다고 여길지도 모르겠다. 하지만 나는 그 터무니없어함을 도리어 터무니없다고 말할 수 있다. "우리에게 희망이 있는가?"라고 물으며 시작되는 〈녹색평론〉 창간사 「생명의 문화를 위하여」에서, "사람의 초월에 대한 욕망은 인간성에 깊이 내재하고 있는 충동인지도 모른다. 이것은 자연이나 우주적 연관에서 자신의 삶을 돌이켜 봄으로써 획득되는 정신적 체험을 통해 비로소 충족될 수 있는 것이다"라고 말할 때와 가장 최근 저서인 『근대문명에서 생태문명으로』(녹색평론사, 2019)의 「책머리에」에 적힌 "죽은 것처럼 보이는 나무일망정 우리가 인내심을 가지고 일념으로 물을 길어 붓기를 계속한다면 언젠가는 그 마른 나뭇가지에 푸른 싹이 돋아나는 기적을 보는 행운이 우리에게도 찾아올지 누가 알겠는가"라는 말 사이에는 뉘앙스 차이는 있지만 '시의 마음'의 차원에서는 일관적이다.

물론 내가 말하는 '시의 마음'은 아카데미 교육에서 말하는 그런 시와는 큰 차이가 있을지 모른다. 시에 대한 정의는 삶에 대한 정의만큼 다채롭고 실존 상황이나 역사적 국면마다 다르기도 하지만 공통된 무엇은 분명히 존재하며, 그 공통된 무엇이 있기에 실존 상황과 역사적 국면에 따라 그나마 '다름'이 역설적이게도 창조되는 것이다. 공통된 무엇이 없다면 '다름'이 창조되는 것이 아니라 그냥 중구난방이거나 '꽥꽥일률'(이반 일리치)이 된다. 물론 그 공통된 무엇에 대한 입장마저 약간씩 다를 수는 있겠지만, 그것은 다시 경험과 언어의 차이로 설명 가능하다. 어쨌든 시가 삶의 특정 양태를 음악적 언어로 표현하면서 현실을 넘어서려는 몸짓인 게 분명하다면, 선생이 말한 '초월과 기적'이 시의 오랜 정신임을 부정하지는 못할 것이다.

루이스 멈포드는 인간의 특성이 도구 사용에 의해 나타난 것이 아니라 넘치는 중추신경계의 능력에 의해서 언어와 상징이 만들어졌고, 그 언어와 상징의 발달을 주위의 환경, 즉 수많은 다른 존재들이 도왔다고 말했다. "만약 포유류와 식물이 함께 진화하지 않았다면, 만약 나무와 풀이 땅을 덮고 있지 않았다면, 만약 꽃을 피우는 식물과 깃털로 장식된 새, 하늘을 구르는 구름과 선명한 저녁놀, 솟아오른 산, 끝없는 바다, 별이 빛나는 하늘이 인간의 상상력을 사로잡고 정신을 일깨우지 않았다면, 인간의 삶은 엄청나게 달라졌을 것이다."(『기계의 신화 1』, 아카넷, 2013) 시가 인간의 특성 중 특성인 점을 받아들인다면, 시에 대한 협소한 관점으로 선생의 '시의 마음'을 재단하는 것은 어울리지 않는 일이다.

시라는 것은 "말에 대한 경의를 최대한 표시하는 예술 형식"이고, "말에 주의를 기울인다는 것은 말에 대한 공경심 없이는 불가능"하며, "그 공경심은 결국 삶에 대한 공경심"(「시적 인간과 생명의 논리」, 위의 책)이라는 선생의 또다른 발언은 현재 퍼져 있는 '현대시'에 대한 입장과는 확연히 다르지만 보다 더 심층적인 지점에 닿아 있다. 선생의 시에 대한 이러한 이해는 긴 시간과 역사를 함축하고 있다. 또 이런 '시의 마음'이 있었기에 선생의 문명 비판은 그만큼 급진적이고 구체적일 수 있었던 것이다. 물론 일본 후쿠시마의 핵발전소 사고 이후 선생의 언어는 다급해졌고 구체적 사안에 다가가느라 언어에도 산문성이 두드러진 게 사실이다. 그래서 실천적 저널리스트에 가까워 보이기도 했지만, 그것은 '시의 마음'과 시적 태도가 세속에 관여하는 하나의 방식일 뿐이다. 이것은 일반적으로 시인들이 현실적 투쟁에 관여할 때 '문학적 방식' 또는 '시적 방식'을 따분하게 내세우는 것과도 차이가 크다. 여기서 묻고 싶은 게 있다면 현실에 대한 시의 참여에서 대두되는 '시적 방식'에 대한 것인데, 사실 이 물음 자체가 만만치가 않다. 하지만, 홀로, 고독하게 스타일을 고민하는 것만이 시적 방식이 아닌 건 분명하며, 시적 방식은 일반적으로 통용되고 있듯이 개별자 차원에서 창조되는 게 아니다. 오로지 구체적 사건의 현장에서 다른 것과 만나는 순간 또는 그 과정(구체적 경험)에서 스타일은 새로움을 얻는다.

———

그럼 김종철 선생이 다른 시적 스타일을 창조했느냐고 물을 수도 있을 것이다. 이 또한 별로 생산적인 물음이 아닌데, 앞에서 말했듯이 내가 선생을 '시인'이라고 부른 것은 전혀 다른 맥락이기 때문이다. 시에는 인간과 자연, 우주, 국가, 공동체, 꿈, 정서 등을 통째로 사유하고 언어화할 수 있는 상상력이 필요하다. 하지만 이른바 우리의 '현대시'에서 이런 상상력을 기대하기는 난망해 보인다. 반면에 선생에게는 그런 사유의 흔적들이 뚜렷하게 보이며, 나는 그것의 발원지가 '시의 마음'이라고 본 것이다. 그러면 선생이 생각하는 '시의 마음'이란 무엇인 걸까?

저는 실제로 작품을 읽거나 쓰거나 하는 일과 관계없이 시적 마음이라는 것은 인간 누구나가 소유하고 있는 근원적 심성이라고 생각하는데요, 언젠가 미국 노동사를 읽다가 재미있는 얘기를 접한 기억이 있습니다. (…) 그때 공장의 마당에 한 그루 오래된 느릅나무가 있었는데 이것을 공장 증축을 이유로 기업주가 베어 버리려고 하는 것을 노동자들이 반대하여 파업을 결행하면서까지 그 나무를 지키려고 한 겁니다. 이 사건은 노동자들은 밥만 해결해 주면 된다고 생각하는 사람들에게 충격을 주었습니다. 그때 파업을 했던 노동자들 자신은 그 느릅나무를 지키려고 했던 이유를, 우리는 저 나무를 볼 때마다 우리들이 죽는 존재라는 사실을 깨닫는다는 말로써 밝혔습니다. 제가 시적 마음이라고 부르는 것은 결국 이러한 노동자들의 말 속에 담겨 있는 마음이 아닐까요?(「시의 마음과 생명 공동체」)

이것이 시인의 언어가 아니라면 어떤 게 시인의 언어라는 말인가!

# 비판의 늪

　우리 문학사에서 김수영 같은 매서운 비판의 눈을 과문한 나는 알지 못한다. 아마 당시의 동료들은 그의 비판이 정말 가시 같았을 것이다. 친구였던 박인환 시인에 대해서는 혹독한 산문 두 편을 남겼는데, 1967년에 쓴 「참여시의 정리」라는 글에서 박인환을 다시 한번 별도로 호출한다. 김수영은 박인환의 「자본가에게」라는 시를 짚으며 "당시의 시단은 인환의 시의 이성을 부인한 스타일을 엄청나게 〈새로운〉 것으로 받아들였고, 「자본가에게」란 시만 하더라도 〈자본가〉라는 선동적인 어휘 이외에는 아무런 골자도 없는 시를 저항시 비슷하게 받아들였다"고 비판했다. 1950년대의 모더니즘 시에 대한 비판적 검토를 하면서 박인환을 징검돌 삼은 것이다. 죽은 친구인 박인환에 대한 감정, 그의 말대로 '애증동시발병증'이 죽은 뒤에도 내내 작동한 셈인데, 나는 그 발생 원인을 모르지만 지금까지의 경험에 기대자면 전혀 이해 못할 바도 아니다.

시인 김현승은 김수영에 대한 조사에서 "폭탄과 교훈과 시사를 한국 시간에 던지던" 이였으며 일부에게는 "전투적"으로 받아들여졌고 "소심한 사람들로부터는 심지어 위험하다고까지 오해를" 받았다고 술회한 바 있다. 김현승의 이 말에만 비추어 봐도 김수영의 비판은 여러 사람에게 상처를 주었으리라 짐작할 수 있다. 그의 마지막 술자리이자 죽음에 이르게 한 시작점이었던 소설가 이병주와의 술자리도 김수영의 신경질에서 시작됐다고 봐도 틀린 말은 아니다.

김수영이 마치 좌충우돌로 싸운 것 같지만, 그의 독설과 비판은 단단한 지성과 유머를 토대로 한 것이었다. 예컨대 「물부리」라는 산문에서 친구 박훈산 시인을 이야기하며, 박훈산과의 관계에 대한 후문을 미리 차단하려고 한 것인지는 모르겠지만 이런 독설을 남겼다. "내가 그의 시를 칭찬한 데에는 두 가지 이유가 있다. 하나는 시단에서까지도 외국에나 갔다 온 영어 나부랭이 씨부리는 시인에게는 점수가 후하다는 것, 또 하나는 그가 물부리 끝을 나보다 잘 씹는다는 것."

한국 문학사에서 패기 있는 비판의 한 예로 김수영이 자주 거론되는 것은, 앞에서 말했듯 그의 지성과 유머 때문이기도 하지만 또 한 가지는 그가 평생 보여준 의연함과 자기 긍지에서 기인하기도 한다. 그의 시와 산문에는 비판과 분노는 있어도 원한은 없다. 차라리 고독은 있다. 그는 자신의 시대에 온갖 비참함을 맛본 사람이었다. 그럼에도 불구하고 그가 가닿은 부정적인 심리 상태는 최대치가 '설움'이었지만 그 설움도 결코 가볍게 발산하거나 자신의 폼나는 외형으로 삼지 않았다. 도리어 평생에 걸쳐 설움과 싸웠다. 설움이란 무엇인가? 그것은 슬픈 사건을 자기가 먼저 짊어질 때 차오르는 정서 상태이다. 반면에 원한은 그 짐을 남에게 떠넘기고 싶을 때 발생한다.

오늘날 휘둘러지는 비판이라는 무기가 점점 무서워질 때가 있다면, 그것은 그 비판에서 아무런 설움도 느껴지지 않기 때문일 것이다. 하지만 그것은 비판자의 인격 문제만은 아닌 것 같다. 나는 최근에 그것이 무엇 때문인지 헤아려봤지만 명확하게 짚어지는 않았다. 사실 비판이라는 것은 언제나 현상에 대한 깊은 관여인데, 타자 또는 적이 없이는 성립되지 않는다. 근대의 정신적·지적 전통에서 비판이 창조의 지렛대 역할을 톡톡히 해온 것은 사실이다. 예를 들면 마르크스의 사상을 그의 비판 없이 상상할 수는 없는 노릇이다. 그는 뛰어난 저널리스트로서 당대의 문제점과 그것의 근본적 원인을 깊이 파고들었다. 거기서 발견한 것이 널리 알려진 프롤레타리아의 해방이었고, 그 해방을 가로막는 체제의 모든 면모를 파헤쳐보겠다는 지적 실천이 '자본론'을 쓰는 것이었다. 현대에 이르러 저널리스트는 사실을 알리는 존재에도 미치지 못해 사실과 사실이 아닌 것도 구분하지 못하는 지경이지만 저널리스트란 본래 시대의 비판자가 아니었던가.

들뢰즈가 "저항 문화의 여명"이라고 부를 정도로 니체도 자신의 시대를 철저히 비판했다. 니체는 마지막으로 쓴 책 『이 사람을 보라』에서 자기 자신을 다이너마이트라고 불렀다. "나는 인간이 아니다. 나는 다이너마이트이다.—그렇다고 해도 내 안에는 종교 창시자의 그 무엇도 들어 있지 않다—종교는 천민의 사건이다. 종교적인 인간과 접촉한 후에는 나는 내 손을 닦을 필요를 느낀다." 마지막 장인 '왜 나는 하나의 운명인지'에 나오는 대목이다. 이 오만에 가까운 발언은 종교 자체가 '물신화' 되었다는 진단 때문이었을 것이다. 그래서 니체는 비판에 철저하면서도 종교 같은 맹목에도 철저히 거리를 두었던 것이다. 그가 바젤대학의 최연소 교수직을 팽개치고 평생을 단독자로 산 사실을 떠올려보면, "나는 '신자'를 원치 않으며", "성자이기를 원치 않는다. 차라리 어릿광대이고 싶다"고 자기 숭배마저 거절하는 것은 자연스럽기까지 하다. 오늘날 비판이 자신의 존재 증명 혹은 팬덤 현상을 노리는 것과는 너무도 깊은 차이가 있다. 물론 나는 지금 '최상'의 비판자들을 예로 들고 있기는 하다. 하지만 본래 비판이라는 것은 늘 '최상급'으로 행해져야 하는 게 아닐까.

요즈음 어떤 비판들은 아무것도 창조하지 못할뿐더러 도리어 자신을 상품화하기까지 한다. 그리고 이제 비판이라는 것 자체가 하나의 판매 행위가 되어버린 것 같다. 그래서 비판이 창조로 이어지지 않고 자신의 존재 증명을 위해 행해지며, 그것을 통해 자기 영역을 구축하거나 편 가르기에 능숙해진 것은 아닌가 하는 생각도 든다. 신자유주의는 국가의 이런저런 통제나 사회의 규제를 해체시키면서 개인에게 많은 자유를 준 것처럼 보이지만, 그 자유는 보이지 않는 창살에 갇힌 자유에 지나지 않는다. 창살 밖으로 뛰쳐나가지 못하는 자유가 창살 안에다 자기 참호를 구축하는 것은 어쩌면 필연에 가까울 것이다. 창조는 언제나 들판에서 이루어지는 법인데, 신자유주의가 들판과 우리 사이를 가로막아버린 것이다. 들판을 달리는 자유가 아니라면, 역설적으로 들릴지 모르겠지만, 설움을 알 도리가 없다. 도리어 창살 안에서 번창하는 것은 원한밖에 없다. 그것은 각자가 지니고 있는 코나투스가 부정적으로 드러나는 방식이다.

그런 면에서 요즈음의 비판은 늪에 빠져 있다는 느낌이 든다. '비판주의자'들은 자신들의 거침없는 비판이 세상의 변화에 기여한다고 생각할지 모르지만 현실의 풍향계는 그것과는 다른 쪽을 가리키고 있는 것 같다. 비판이 파괴라면 파괴와 더불어 우리를 다르게 환기시키기도 해야 한다. 그러기 위해서는 설움이 있어야 한다고 앞에서 말했는데, 그 설움은 현실에 대한 미움보다 사랑이 먼저일 때 자신에게 찾아온다. 사랑이 발산이라면 설움은 수렴이나 회귀다. 사랑은 언제나 현실의 벽에 부딪히며, 사랑의 이마에는 언제나 피가 흐른다. 그런데 이때 우리의 영혼에 섬광이 지나가는 것은 아닐까. 우리를 비추면서 긍지를 선물해주는 섬광이!

따라서 최종적으로 이렇게 고쳐 말할 수 있다. 긍지 없는 비판은 단지 자기 자신을 위한 것에 지나지 않는다고 말이다. 긍지 없는 비판이 '다른 것'을 창조할 리는 만무하다. 긍지 없는 비판의 언어들은 식탁에 올려진 패스트푸드에 비유될 수 있다. 그리고 그 정신의 패스트푸드는 자아의 비만을 가져온다. 건강한 비판을 위해서는 비판의 단전에 반복의 악무한을 견디는 근육이 있어야 한다. 이 근육이 없는 비판은 결국 자신을 해체시키고 나아가 자신이 속한 공동체를 해롭게 할 것이다. 아무리 생각해도 우리에게 부재한 것은 어떤 긍지인 것 같다. 긍지가 없으니 미래의 시간을 상상하지 못하는 것이고, 긍지가 없으니 고독에 참여하지도 못하는 것이다.

무리/우리에서 뛰쳐나가 들판을 달리는 바람 같은 고독에 말이다.

# 나는 왜 김수영을 읽게 되었는가

오래전에 고인이 된 박영근 시인과 신촌에서 만난 적이 있다. 내가 20대 후반 즈음이었으니 아마 박영근 시인은 30대 후반이었을 것이다. 무슨 말이 오갔는지 자세한 기억은 없지만 그가 내게 김수영에 대해 알고 싶으면 특강 같은 자리를 마련해보라고 했다. 아마 내가 김수영 시의 난해성에 대해서 말했던 듯하고 거기에 박영근 시인이 대답을 했던 것 같다. 아마 내가 그렇게 투덜댔다면, 그전에 어느 선배로부터 김수영도 제대로 읽지 않고 시를 쓴다는 이상한 핀잔을 들었기 때문일 것이다. 내 딴에는 그 핀잔이 속상했던 것 같다. 정확히는 김수영도 안 읽어본 사실이 부끄러웠다기보다는 그의 젠체하는 말투가 미웠다.

김수영이라는 이름은 귀에 딱지가 앉도록 들었지만 지금 생각하면 당시에 과연 김수영을 제대로 읽은 사람이 얼마나 되었을지는 아직도 의문이다. 전집이라고 나와 있지만 도대체가 한자투성이였고, 선집도 없지 않았지만 당시에 나는 민중시와 노동시에 빠져 있었기 때문에 김수영은 나와는 별로 가깝지 않은 모더니스트라는 선입견이 지배하고 있었다. 한참을 지나서 알게 된 사실이지만, 흔히들 대학의 박사 과정을 끝내고 논문 주제를 고민할 때 '수영 금지'라는 우스갯소리도 있다는 말을 들었다. 들어서면 고생이 만만찮은데다 기왕의 박사 논문도 많아 빛을 보기도 쉽지 않다는 것이 내가 전해들은 말이었다.

지금 생각하면 과한 부분도 많고 부족한 점도 많은 『리얼리스트 김수영』(한티재, 2018)의 서문에서도 밝혔지만, 내게 김수영이 불현듯 밝아온 것은 전혀 의외의 경험을 통해서였다. 그 의외의 경험 이전에도 김수영을 몇 번 읽었으나 산문의 강렬함이 어째서 시를 읽으면 미궁에 빠지는지 오리무중이었다. 그 의외의 경험이란, 질 들뢰즈의 『차이와 반복』을 세번째 읽은 직후였다. 자신의 독서 경험에 대해 이러쿵저러쿵 말하는 것도 어쩐지 남세스럽지만, 이 '사건'은 실제 있었던 일이고 한동안 그 이유를 나 자신도 알지 못했다. 아무튼 그뒤의 김수영 독서가 그 이전과 달라진 것은 사실이다. 그리고 몇 권의 연구서적을 더 접하면서 언젠가는 내가 하고 싶은 이야기를 써보자는 막연한 생각이 들었고, 그뒤 10년이 지나서 용감하게 일을 저지른 것이었다. 물론 내가 10년 내내 연구하다시피 읽었다는 것은 아니다.

어디까지나 나름의 신실한 독자로 10년을 지냈다는 의미이다.

어떤 연구자들은 김수영 교도임을 자처하고 적지 않은 시인들은 내게 왜 자꾸 김수영만 읽느냐고 타박 아닌 타박을 하지만, 나는 이 양극단에 대해서 할말이 없지 않다. 김수영이 오늘날 어떤 의미를 갖는지 물어본다면 역시나 다양한 답들이 나올 것이다. 김수영을 괴이하다거나 또는 마치 한국시의 난해성에 깊이를 부여한 시인인 것처럼 말하는 이들도 있을 테고, 일부는 또 김수영의 1960년대 참여시에 대한 옹호를 먼저 들며 그의 '혁명시'를 앞에 두기도 할 것이다. 거칠게 분류해서 유감이긴 하지만 이 구분은 일반적으로 확인되는 김수영에 대한 정념들의 차원을 말해본 것인데, 어쩌면 아직도 이 이상을 넘어서지 못했을지 모른다. 두 입장이 전적으로 틀렸다고 말하기는 어렵지만, 내가 보기에 이 둘은 김수영의 시를 관통하는 '하나[一]'를 말하지 않음으로써 김수영 신화화에 일조하면 일조했지 냉정한 평가라고 부르기는 힘들다. 다르게 말하자면 김수영의 시에 대해 여전히 피상적인 인식이 지배적이라고 말할 수도 있을 것이다.

김수영에 대해 쓴 책의 제목에 '리얼리스트'라는 말을 쓴 것은, 김수영의 유산을 두고 벌이는 문학적 투쟁과도 무관하고 그를 리얼리즘 진영 쪽으로 끌어당기려는 목적이 있었던 것도 아니다. 물론 그동안 김수영의 작품을 자유주의적으로 해석한 시각들이 많았고 또 그런 해석의 언어들이 주류를 이룬 것도 사실이다. 아무튼 나도 그런 편견을 가졌기 때문인지 나중에 접한 참여시적인 전통, 즉 민족/민중문학 진영 비평가들의 해석이 자의적인 것은 아닌가 하는 의구심도 없지 않았다. 당시에는 김수영의 시 자체에서 참여시적인 전통을 이어나가기에는 무리가 있어 보였기 때문이다. 4·19혁명 직후에 쓴 일군의 혁명시 외에는 민족문학의 전통에 그를 앞세우기가 쉽지 않아 보였다. 아마 그 틈을 이른바 자유주의적 해석들이 파고들었던 것 같다.

하지만 김수영을 읽으면 읽을수록 김수영의 시에 보이는 '자유'는 정치적·사회적 현실에 '대한' 것이었으며, 혁명에 대한 인식과 바람도 일반적으로 알려진 선을 훨씬 넘어서 있었다. 언제까지 지속되었는지 확언하기는 어렵지만, 혁명 이후 김수영에게서 '윤리적 사회주의자'의 면모를 발견하는 것도 어려운 일이 아니다. 그렇다면 김수영을 추상적인 '자유'의 시인으로 묶어놓았던 비평들은 어떻게 가능했을까? 김수영의 불온성을 문학주의 안에 주저앉히고 싶은 무의식이 만일 있었다면 (도식적으로 들리겠지만 의외로 진실인 경우가 많은) 자신들의 사회적 또는 계급적 위치를 김수영에게 투사한 결과는 아니었을까? 오해하지 말 것은, 김수영의 시에 계급주의나 훗날 계발된 민중적 당파성이 배어 있다는 이야기가 아니다.

그럼에도 불구하고 김수영의 정신은 언제나 현실과의 쟁투를 통해 형성됐으며, 보다 더 중요한 것은 그의 정신이 멈춤(혹은 도그마) 없이 운동했다는 점이다. 그의 시대에는 혁명 이후 잠깐을 빼고는 국가와 체제에 대한 사회의 조직적 저항도 없었던 것으로 보인다. 그래서 그는 시적 공생애의 오랜 기간에 자신의 정신만으로 현실과 맞서야 했다. 물론 훗날 한일협정반대투쟁에 이름을 올리기도 했지만 그게 4·19혁명만큼의 감응을 주지는 않은 것 같다. 그가 「꽃잎」 3장에서 감히 "대한민국의 전 재산인 나의 온 정신"이라고 말할 때, 그것은 오만hybris이라기보다 내적인 긍지가 뱉어낸 언어일 가능성이 크다.

김수영이 지금도 '살아 있다'고 한다면, 그것은 그의 모더니즘 양식의 현재성 때문도 아니고 1960년대적 현실과 지금의 현실이 크게 다르지 않아서도 아닐 것이다. 김수영의 시를 특이한 시적 양식의 전범으로 여기는 것은 문학주의적인 선호에 불과하고, 걸핏하면 변하지 않은(자신이 변하지 않은 것은 아니고?) 현실 타령만 하는 것은 매사를 남 탓으로 돌리는 나태와 관계 있을지 모른다. 말이 나온 김에 더하자면, 김수영의 혁명시를 작금의 정치적 상황에다 갖다붙이는 것도 이제는 좀 지양해야 할 노릇이다. 도리어 김수영이 혁명기에 진정 원했던 것은 무엇이고 어디까지 시적 인식을 밀어붙였으며, 쿠데타로 모든 것이 나락으로 떨어진 상태에서 어떤 태도를 취했는지 세심히 살펴보는 것이 제대로 하는 공부와 배움의 자세일 것이다.

그렇다면 김수영의 시를 시종 관통하는 '하나[一]'는 무엇이었을까. 앞에서도 말했듯이 그것은 그의 현실에 '대한' 정신이다. 그 정신의 부침과 진퇴가 반복되면서 '독특성'이 탄생했다. 하지만 그 독특성을 사람들은 손쉽게 난해성이라 부르고 말았다. 여기서 정신은 사상과도 다르고 또 모호한 내면이나 자아라고 읽어서도 안 된다. 자아는 정신을 자꾸 붕괴시키는 주범인데, 김수영의 시에서 자아가 드러날 때도 정신의 부침이나 진퇴와 관계 있지 요즈음처럼 (선험적인 것으로 인식되기도 하는) 과잉된 자아가 아니다. 김수영에게는 자아마저 정신의 그림자였다. 현실에 '대한' 정신 때문에 그의 시는 여전히 꿈틀거리고 있는 것이다. 그의 시를 읽으면서 그것의 확실한 물증을 잡고 싶었으나 아직도 오리무중이기는 하다. 이 글이 김수영에 대한 비평이 아니기는 하지만 구체적인 작품을 들어 김수영이 자신의 정신에 얼마나 집중하고 있었는지 짧게 살펴보는 것도 나쁘지 않을 것 같다.

「폭포」가 쓰인 시점은 김수영이 평화신문사 문화부 차장으로 일했던 시점과 얼추 겹친다. 그런데 신문기자 생활이 편치 않았던지 그 복잡한 심경을 「바뀌어진 지평선」이나 「구름의 파수병」에서 표현하고는 했다. 이 두 작품의 공통점은 생활을 꾸려나가야만 하는 현실과 시의 마찰이다. 도리어 타협 쪽으로 애써 마음을 기울여야 할(「바뀌어진 지평선」의 경우) 정도로 김수영의 시적 자의식은 강했다. 그것은 단순한 심리적 우월감이나 시 쓰네 하는 허영에 찬 프라이드가 아닌 게 분명하다. 포로수용소 생활 직후 처음 발표한 「달나라의 장난」에서 그는 이미 자신의 운명을 "영원히 나 자신을 고쳐 가야 할" 것으로 규정하지 않았던가. 그리고 그에게는 시를 통해 이루고 싶은 바람이 있었다. 거기에 사적인 명예나 우월감이 없지는 않았겠지만 그것을 넘어선 고귀한 긍지가 김수영에게는 먼저였다.

신문기자 생활을 짧게 하면서, 어느 정도 타협을 해야 살아갈 수 있다는 것을 앞에 든 두 작품을 통해 토로하지만, 동시에 「폭포」를 통해 그 정신을 진전시키기도 한다. "곧은 소리를 내며 떨어"질 때 찾아오는 고독("금잔화도 인가도 보이지 않는 밤이 되면")도 감내하겠다는 의지마저 엿보인다. 하지만 여기서 "곧은 소리"가 도덕적으로 완고한 아집이 아님은, 고독을 감내하겠다는 자세에서도 그렇지만 폭포는 아래로 떨어진다는 사실의 직시에 의해서도 드러난다. 이런 '살아 있는' 정신에 대해서, 정조는 조금 다르지만, 1957년 작 「눈」도 그 물증으로 삼을 만하다.

어떤 시가 살아 있음을 입증하는 방법에는 새로운 연구와 비평도 필요하겠지만, 누군가의 두근거림 자체도 그 생생한 실례가 될 수 있다. 그러고 보면 이 두근거림은 생명의 작용 아닌가. 이는 지극히 주관적인 현상에 대한 변명이지만, 가장 실감 있

는 증거이기도 하다. 아무튼 살아 있는 시는 언제 읽어도 생명
의 작용을 가동시키더라!

# 배신을 두려워하지 말자

새로 시집을 냈다고 술 한잔 하자 해서 앉은 자리에서, 친구는 지난 시집이 이번 시집보다 낫다고 했다. 친구의 소감으로는 내 시가 조금 뒷걸음질친 것이다. 사실 그런 말을 들으면 기쁘지는 않은 게 솔직한 마음인데, 그래도 그렇게 읽는 사람도 있을 수 있는 건 도리 없는 일이고, 문학이 근본적으로 대화적 형식이라면 그런 감정은 어서 다스려야 마땅하다. 그런데 어떤 점에서 그러냐고 내가 묻자, 돌아온 대답이 별로 납득되지 않았다. 내가 미처 생각하지 못한, 또는 고민해보지 못한 지점을 말해주었으면 좋았을 텐데 전혀 그런 것이 아니었기 때문이다. 내문학의 진전과 뒷걸음질 문제는 접어두고 친구는 예전의 서정을 가지고 나를 읽고 있다는 느낌이 전해져 조금 아쉬웠던 기억이 난다. 그래서 조금 시니컬하게 답을 했다. 독자가 시인의 작품들을 선택하고 어떤 평가를 내리는 일이 자연스러운 것이 듯 시인도 독자를 매번 배신해야 한다고 말이다. 물론 핀잔이나 부정은 아니었다. 그와 나는 그런 냉소를 평소에 주고받는 사이였다. 꽤 지난 일이다.

돌아오면서 생각해보니, 무심코 뱉은 말인데 그게 제법 그럴듯하다는 생각이 들었다. 그렇지, 이런 서로 간의 배신이 독자도 시인도 건강하게 할 수 있구나 하는 생각. 안 그러면 독자는 시인의 '팬'에 머물고, 시인은 팬의 요구(?)에 주저앉을 수도 있겠구나 하는 생각. 아하, 그렇게 되면 이건 독자와 시인의 야합일 수도 있겠다는 생각. 이게 문학 시장의 원리일 수도 있겠다는 생각.

그와 나 사이의 우정이 차츰 묽어진 것은 그 일 때문은 아니었고 그와 나 사이가 조금 그렇게 될 때가 돼서 그런 것이었는데, 생각해보니 언제부터 둘의 서 있는 자리가 적잖이 달라져 있었다. 서 있는 자리(입장)가 달라지는 것만큼 친구나 연인 사이의 관계에 영향을 끼치는 것도 또 없을 것이다.

친구라는 것은 무엇일까. 간혹 살다가 이런 의문이 들 때가 있는데, 오래된 관계에 어떤 균열이 오거나 불현듯 이질감을 느낄 때 그렇다. 관계가 멀어지거나 달라질 때 우리는 보통 상대방의 마음과 생각이 궁금하고 또 의심을 하게 되지만, 따지고 보면 자기 자신도 조금 냉정하게 관찰할 필요가 있다. 그래서 뭐 거창한 반성을 하자는 말은 아니다. 도리어 상투적인 반성을 벗어나 다른 관계를 맞아들이기 위해서라도 그런 자기관찰은 필요해 보인다. 하지만 자기관찰을 통해 나 자신이 바로 변하거나, 지금의 관계보다 다음의 관계가 더 낫다는 보장도 없고 확신도 할 수 없다. 관계라는 것이 일방의 노력으로 결정되는 것도 아니고, 논리적으로 봐도 다른 관계는 그냥 '다른' 관계이지 '나은' 관계가 아니기 때문이다. 또 '나은' 관계라는 것도 의지의 문제가 아니기도 하거니와 도리어 관계에 의지가 개입돼서 관계가 어그러진 경우도 없지 않다.

자기관찰이 필요한 것은 먼저 상대방에 대한 원망 같은 부정적인 감정을 갖지 않기 위해서이기도 한데, 사실 이것은 상대방을 위한 것이 아니라 나 자신을 위한 것이다. 내가 그런 부정적인 감정을 갖지 않는 것은 정신 건강에 무엇보다 긴요하다고 볼 수 있다. 나아가 부정적인 감정을 갖지 않아야 자신에 대한 긍지를 회복할 수 있으며 상처를 두려워하지 않고 다가오는 다른 관계를 맞을 수 있을 것이다.

이렇게 말하고 나니 세간의 말들, 그러니까 사랑이 변할 수 있느냐 하는 이야기들도 떠오르는데, 글쎄 나는 그 방면에 대해서는 잘 모르긴 하지만 살아가면서 수많은 관계를 맺고 살아갈 수밖에 없다는 평범한 진리를 되새겨본다면, 친구든 연인이든 수십 년 동안 동일한 관계를 유지하는 것 자체가 도리어 이상하지 않을까 싶다. 사랑이 말 그대로 영원할 수 있다면 그것은 한 사람'만'을 사랑하는 일이기에 앞서 사랑할 수 있는 힘을 잃지 않는 것에 가까울 것이다. 나아가 관계라는 것이 고정적이지 않다는 것을 염두에 두면 이 문제도 그다지 골치 아픈 문제는 아닌 것 같다. 고정적이지 않고 살아 움직이니 관계이기도 할 것이다.

나는 여기서 무슨 '연애론'을 말하려는 게 아니다. 그렇다고 우정에 대해 무슨 대단한 철학적 견해를 피력하려는 것도 아니다. 도리어 '배신'으로 점철된 냉정한 현실을 되돌아보고 싶을 뿐이다. 얼마나 적절한 예가 될지는 모르겠지만, 스피노자는 일찍이 『신학-정치론』에서 "모든 것을 법으로 규제하고자 하는 사람은 악을 고친다기보다는 사실상 그 악을 더욱 악마화시키는 것이다"라면서 "사치와 질투, 탐욕, 만취에서 기인하는 악행"은 입법 행위로 규제하느니 차라리 용인하는 게 낫다고 말한 적이 있다. 물론 이 말은 정치를 논하는 자리에서 한 말이며, 사회의 모든 악을 법으로 규제하다보면 사회가 더더욱 금지와 통제의 밀림으로 변할 수 있다는 통찰로 읽힌다.

하지만 배신이라니! 참으로 부도덕한 행위 아닌가. 배신이라는 말 앞에서 우리는 심리적으로 큰 충격을 받거나 있을 수 없는 일이라고 고개를 저었겠지만, 그것은 지금도 일어나고 있는 일이다. 하지만 이해관계로 엮인 삶이 아닌 이상 우리는 배신을 그렇게 많이 하거나 당하며 살지는 않는다. 배신은 이해관계 때문에 주로 나타나는 현상이기도 하며, 단순하게 말해 약속의 파기에서 오는 것이다. 그런데 그 약속이라는 것은 우리의 일반적인 생각과는 달리 사회적 관습이나 주관적 입장 차이와 연관되어 있다. 달리 말하면 배신이라는 사태는 그렇게 개인적이고 인격적인 일이 아닐 수 있다는 말이다.

시인이 독자를 배신한다는 것은 독자의 주관적 입장을 배려하지 않는 데에서 시작된다. 시인이 자기 시집을 구매하는 독자의 취향을 배려하지 않으면 사실 독자 입장에서는 아쉬움이 남을 수 있는데, 예민한 독자에게는 그게 배신이 될 수도 있다. 이따금 비판 차원에서 '문학적 배신'이라는 말이 쓰이는 것은 이와 무관하지 않을 것이다. 나는 지금 시인과 독자의 관계를 비유로 들어 말하고 있지만, 정작 중요한 것은 이런 비유가 아니다. 내가 말하는 배신은 사회적 관습이나 도덕, 그리고 주관적 입장에서 벗어나는 어떤 초월과 관계가 있다. 초월이라는 말에 아름답지 않은 그림자가 어른거리기는 하지만, 단순한 경험주의에서 좀 떨어져 있으려면 가끔 쓸 만한 말이라고 나는 생각한다. 아무튼 사회적 관습이나 도덕, 주관적 입장을 벗어나 다른 관계를 모색하거나 관계 자체에 다른 조건들을 추가하는 것 등도 나는 배신이라 부르고자 한다.

배신의 결과로 관계가 묽어지거나 또는 멀어지고 심지어는 파탄나기도 하지만, 혹 그것은 어떤 미숙함이나 어리석음과 관계있는 것은 아닐까. 관계가 오래 지속된다고 해서 반드시 싫증이나 권태가 동반되는 것도 아니다. 반대로 신뢰가 더 쌓일 수도 있고 어떤 변화된 모습을 통해 한층 더 매료될 수도 있다. 하지만 우리에게는 전자인 관계의 부정적인 변화 쪽이 훨씬 익숙한 것도 사실이다. 그렇다면 이 관계의 부정적인 변화를 중심에 두고 사고하는 것이 실용적일 것이다. 이 부정적인 변화 중 앞에서 말한 약속의 파기에 따른 배신만큼 큰일은 없으며 이는 우리의 영혼까지 뒤흔들 수 있는 사건이 되기도 한다.

그런데 이것은 어디까지나 배신을 '당한' 피해자 입장의 관점이고, 관계 속에서 우리는 모두 피해자이면서 가해자의 위치에 번갈아 설 가능성이 크다는 점에서 배신을 조금 더 객관적으로 사고할 필요가 있다. 혹여 배신에도 삶을 구성하는 힘이 있는 것은 아닌가 하는 지점까지 한번 나아가보는 것이다. 그러면 배신은 우리의 삶을 규제하는 사회적 규범과 도덕에서 벗어난 초월적 사건인 것인가? 아무튼 배신이라는 사건에 덕지덕지 붙어 있을 구체적 맥락들을 상상하면서 반대의 자리에 한번 서볼 만하다. 즉, 배신은 삶을 규제하는 사회적 규범과 도덕이 삶에 제대로 개입하지 못한다는 증거가 될 수도 있고, 동시에 그 사회적 규범과 도덕을 계속 재조정하려는 내부의 압력에서 비롯될 수도 있다. 그러니까 사회적 규범과 도덕의 배를 가르며 배신이 태어난 것이다. 능동적으로 해석하면 배신은 사회적 규범과 도덕을 변화시키는 다이몬인지도 모르겠다.

한때 굳건히 믿었던 가치와 신념이 시간의 흐름에 따라 퇴색되기도 하고 변질되기도 하며, 사람에 따라서는 더 간절해질 수도 있다. 이것은 비단 역사적 문제만은 아니고 개인의 정신과 내면의 문제이기도 하다. 더 정확히 말하면, 개인의 정신과 내면도 역사적 상황과 맞물려 있는데, 이 사실을 애써 외면하거나 또는 아무런 비판 없이 굴복할 때 굳건했던 가치와 신념이 물처럼 흐르기도 하고, 얼기도 하고, 증발하기도 한다. 나는 이것도 배신에 해당된다고 보는 쪽이다. 나아가 우리가 바라는 세계에 대해서도 같은 식으로 접근해볼 수 있을 것이다. 인간에게 의미 부여 욕망이 없다면 삶은 정말 끔찍할 것이다. 만일 의미 부여 욕망이 생래적인 것이라면, 배신이라는 심리적/내면적 변곡 사태 또한 생래적이라고 말할 수 있지 않을까. 문제는 배신이라는 악행을 규제만 하려 드는 돌덩이 같은 신념과 모든 것이 배신으로 점철되어 있다는 허무주의적인 태도, 둘 다에 있다.

눈앞의 현실이 갈피가 잡히지 않으면 이 현실을 잠시 떠나볼 필요가 있다. 영영 떠나거나 또는 이 현실이 안 보이는 데로 떠나는 것이 아니라 얼마간 벗어나보는 것이다. 내 몸을 내가 온전히 볼 수 없듯이 우리가 사는 시간을 우리 자신은 제대로 알지 못한다. 멀리 가서 이곳을 한참 살핀 다음에 다시 돌아오는 일이야말로 배신의 최상급에 속하며, 그것은 또 경험에 머물지 않고 그렇다고 세상을 등지는 것도 아닌 진정한 초월적 태도일지도 모른다. 그런데 다시 돌아오고만 말 것인가? 아니다, 다른 언어와 언약궤를 가지고 돌아와야 한다. 혼란은 항상 이것이냐 저것이냐의 단순한 이분법에서 시작되고 우리는 이것 아니면 저것을 너무도 손쉽게 택하곤 하는데, 그렇게 해야만 지금 당장 살 수 있는 것처럼 인식하기 때문이다. 손쉬운 양자택일은 지금 당장에야 살 수 있게 하겠지만 자신을 서서히 죽이는 일이다. 그런데 정말 우리가 사는 세상에는 이것과 저것밖에 없는 걸까? 우리의 생각보다 더 깊지 않을까?

다시 우리가 현실에서 맺는 구체적인 관계로 돌아와보자. 우리는 적잖은 친구들을 만나고 그들과 함께 살아가기 마련이지만 친구 관계에도 사회적 규범과 도덕이 깊이 개입하고 있으며, 도리어 더 강한 약속을 강요하기도 한다. 하지만 우정이나 사랑이 쉽게 말해지는 반면에 그 감정의 실존 상태는 언제나 나룻배처럼 흔들리고 있지는 않은가? 여기서 흔들린다는 것은 우정이나 사랑이 변질되거나 퇴색된다는 뜻만이 아니라 다른 감정과 충동에 의해 잠시 뒷전으로 밀리거나 아니면 다른 영향을 받아 그 내부가 출렁인다는 것도 뜻한다. 우리는 갖가지 충동에 휩싸인 채 살아간다는 말이 진실에 더 가까우며, 그것은 생명의 일반적 현상이기도 하다. 충동과 충동은 공존하면서 동시에 서로 간섭한다. 그렇다고 충동과 충동의 공존 및 충돌에 불안을 느낄 필요는 없다. 그리고 이런 상태가 꼭 현실적인 관계를 훼손하는 것도 아니다. 충동끼리 서로 상쇄되거나 고무되고, 또는 충전되거나 방전되어 새로운 눈과 영혼을 얻을 수 있다. 그렇게 되면 어떻게든 우리의 관계는 재구성된다.

우리에게 적지 않은 심리적 상처를 남기는 배신이란 무엇일까. 가해를 했든 피해를 당했든, 달리 생각하면 지금 여기를 떠나서 다른 곳을 상상하게 해주기도 하지 않을까. 배신은 한 사람의 인격 문제이기 전에 관계가 처한 상황에 영향을 받아 발생한다. 물론 어떤 의지로 배신이라는 비겁한 악행을 피하거나 지연시킬 수는 있을 것이다. 그런데 만일 그 의지가 삶을 옥죄고 생기를 빼앗아가는 거라면 어찌되는가. 니체는 이런 말을 한 적이 있다.

우리는 배신자가 되어 불성실을 행하고 우리의 이상을 되풀이해서 포기해야만 한다. 이렇게 배신자라는 고통을 가하고 그것으로 다시 고통을 받지 않고서 우리는 삶의 한 시기에서 다른 시기로 옮겨갈 수가 없다. 이 고통에서 벗어나기 위하여 끓어오르는 우리 감각을 경계해야 할 필요가 있을까? 그러면 세계는 우리에게 너무나 황폐하고 너무 유령같이 되지는 않을까? (…) 사람들은 왜 자신의 신념에 충실한 사람에 대해서는 경탄하고, 신념을 바꾸는 사람은 멸시하는 것일까?(『인간적인 너무나 인간적인 I』, 책세상, 2001)

니체의 저 말은 분명 배신을 통해 얻은 웃음/울음으로 다른 물결을 맞으러 가는 사람에게 해당될 것이다. 하지만 저기 오는 물결이 어떤 것인지 우리는 알지 못한다. 우리를 파멸시킬 수도 있고 들리게 할 수도 있으며, 최악일 수도 있고 구원일 수도 있다. 그냥 기꺼이 맞는 수밖에 다른 도리가 없다.

# 쓸모의 함정

철학자 하이데거는 히틀러의 국가사회주의독일노동자당(나치)에 항의하며 사직한 전 총장의 후임으로 1933년에 프라이부르크대학의 총장이 되었다. 그 자리가 어떤 자리인지 인식하고 취임한 꼴이다. 전 총장의 사직은 대학에 가해지는 나치의 압박에 맞선 항의였기 때문에 하이데거의 총장 취임 자체가 나치에 굴복한 것이나 다름없는 처신이었다. 하이데거의 나치 참여는 그의 학자적 명성에 누가 되었던 게 사실인데, 그것은 순간적인 정치적 오류가 아니라 그의 철학과 현실 인식이 그 근본원인으로 보인다.

히틀러 개인에 대한 매료에서부터 당시 독일의 대학 현실에 대한 불만, 독일의 사회주의화에 대한 우려, 그리고 하이데거 철학의 핵심에 해당하는 근대 기술 문명의 극복을 위해 나치

운동이 필요하다고 판단했던 것이다. 얼마 안 가서 나치에 대한 환상은 버렸지만, 나치 참여에 대한 이와 같은 자기 나름의 철학적 근거는 시간이 흘러도 변하지 않았던 것 같다. 1966년 9월 〈슈피겔〉지와 가진 인터뷰에서 "공산주의 운동"도 "전 지구적인 기술에 의해 규정된 것"이라고 밝혔듯이, 하이데거는 사회주의 근대에 대한 혐오를 여전히 가지고 있었던 듯하다. 그의 제자 마르쿠제가 던진 유대인 학살에 대한 질문에 하이데거는 "유대인 학살과 관련하여 나치를 비판한다면, 그러한 비판은 유대인들이라는 단어를 '동구의 독일인들'로 바꾸어놓을 경우 연합군들 중의 하나(소련)에도 타당하다'고 답했다. 그러자 마르쿠제는 스승과의 대화를 포기하는 듯한 말을 남긴다. "선생님은 서로간의 대화가 가능한 이성적 차원을 떠나 있는 것은 아닌지요?"

하이데거가 총장직을 그만두자 후임으로 부임한 총장은 교수진을 당과 협의해 '전혀 불필요한 교수, 반쯤 필요한 교수, 필요불가결한 교수'로 분류했는데 하이데거는 '전혀 불필요한 교수'로 분류되었다고 한다. 나치와 더이상 동행하지 않기로 하자 곧바로 전혀 불필요한 존재가 된 것이다.

나희덕의 시집 『파일명 서정시』에 실린 「어떤 분류법」에 나오는 내용이다. 물론 시인은 이 작품을 "자본주의라는 장갑을 낀 손으로 교수를 감별"하는 오늘날의 대학 세태를 비판하기 위해

썼다. 그런데 이 작품의 마지막은 이렇다. "K는 하루하루 진화하고 있다/ 반쯤 불필요한 교수에서 전혀 불필요한 교수로." 시의 결구에서 시적 화자의 내면을 읽어내는 건 어렵지 않은 일이다.

김해자의 시집 『해자네 점집』에 실린 「무용-Useless」이라는 작품은 재료를 공급하는 자연과 생산 과정을 은폐한 채 생산품이 교환가치로만 유통되는 자본주의 상품 경제 사회가 "효용이 아니라 결국 메이커를" 파는 지경이 된 가치 전도의 세상에서 필요한 것은 "무용과/ 약간의 무능"이라고 말하고 있다. 김해자 시인에게 "약간의 무능"은 새로운 삶의 유형의 일부분이다. 그리고 김해자 시인이 독자에게 건네는 새로운 삶의 유형에 대한 감각적 등가물은 "더 쥐어 주려는 까만 손과 동전을 돌려주려는/ 굳은 살 박인 손"이다.

두 시인은 공통적으로 무용한 존재-되기를 말하고 있는데, 사실 오늘날 '유용'은 현실적으로는 자본주의 사회에 적합한 능력을 인정받는 것으로써 보증된다. 구체적 현실 속에서 자신의 능력이 발현되는 것이 '유용'으로 인정되는 것은 자연스러운 현상이다. 하지만 이 '유용'이 '존재 그 자체의 역량'인 것은 물론 아니다. '유용'한 사람의 능력은 현실에 잠시 어울리는 것일 뿐이고 그렇지 않은 사람은 자신의 존재 역량이 현실과 부합되지 않은 것일 뿐이다. 우리는 우리의 '유용성'이 사회적 성격을 갖는다는 사실을 곧잘 까먹으며, 현실에서 유능이 현실의 부조리에 힘을 보탤 수 있다는 아이러니는 노골적으로 무시한다. 하지만 "좋은 병기는 상서롭지 못한 도구"(『노자』 31장)이기도 하다.

문학이 무기이기도/여야 했던 적도 있고 또 한편으로 근대문학은 근대 자본주의 체제에 대해 비판적 입장이든 저항적 자세든 취하면서 진행될 운명이라는 인식이 아주 사라진 것도 아니다. '근대문학 종언' 담론은 문학이 이 역할을 언제부턴가 포기해서 발화된 것이지 비판과 저항의 책무를 벗겨주려고 제시된 것은 아니었다. 하지만 저간의 사정이 어찌되었건 근대문학의 종언은 시장에서 재빨리 수용되었다. 도리어 근대문학의 종언이 문학의 상품화를 합리화하는 도구로 사용되었고, 그것은 다시 야금야금 작가들의 무기력한 내면이 되고 말았다.

한편으로는 비판과 저항의 화석화로 나타나고 있는 게 지금의 현상인 듯한데, 특히 문재인 정부 출범 이후 문학의 '현실 정치화'는 자못 심각하다는 게 내 생각이다. 문학과 현실 정치의 변증법적 관계는 무시되고, 문학에서 말하는 '정치'가 무엇인지에 대한 무지/무시로 인해 곳곳에서 씁쓸한 일이 벌어지고 있다. 안타까운 것은, 시장에 투항하는 현상이 깊어질수록 문학의 현실 정치화가 그 짝패처럼 이루어지고 있는 현상이다. 단도직입적으로 말해서 나는 문학의 '정치 혹은 현실 참여'가 언제부터 특정 정치인 또는 정파에 대한 지지 중심으로 전개되기 시작했는지 알 길이 없다. 한 가지 분명한 것은 시장에 투항하는 '문학의 시장화'와 정치에 대한 상상력 부재가 가져온 '문학의 정치화'는 공통적으로 문학의 '유용성'을 알게 모르게 내세우고 있다는 점이다.

그렇다면 문학은 무용한 것인가? 이 물음 앞에서 우리는 모종의 혼돈을 겪을지도 모른다. 문학이 시대에 따라 그 속성을 바꾸거나 다른 명제를 제출하는 것은 어쩌면 (다른 예술 분야는 논외로 치더라도) 문학이 민주주의와 친연성을 가지기 때문일 것이다. 이 말은 문학이 구체적 감각과 감성을 통해 규제적인 보편성을 거부하면서 다른 보편성을 추구하는 성질을 갖기 때문에 성립되는 명제다. 구체적 감각과 감성은 기존의 보편성과 일반성을 위협하면서 사건을 따라 등장하는 새로운 존재들인데, 정치적으로는 언제나 소수자의 위치를 점한다.

문학의 성격이 역사적으로 규정된다는 것이 피할 수 없는 숙명인 데 비해, 문학이 민주주의와 친연성을 갖는다는 사실은 우리의 생각을 복잡하게 한다. 여기에서 다시 여러 의견들이 제출되며, 우리처럼 여러 정치적 굴곡을 거친 사회에서는 더욱 그렇다. '문학의 정치화'가 민주주의를 제일 앞에 세우는 것도 이런 저간의 사정 때문이다. 그런데 민주주의 자체도 역사적으로 재구성되는 것이라면 어떻게 되는 걸까. 이때 문학과 정치가 맺는 관계에 대해서는 이 글에서는 더 말하기가 버겁다.

다만 문학이 무용한 것인가 유용한 것인가 하는 문제도 역사적으로 접근할 수밖에 없을 듯하다. 앞에서 말했듯 우리가 문학의 유용성이 상품으로 입증되는 시대에 살고 있는 것은 움직일 수 없는 사실이다. 근대소설의 경우는 시작부터 시장에 의존해야 했지만, 문제는 시의 경우를 어떻게 볼 것인가 하는 점이다. 시인들에게 한 권의 시집이 상품이 되는 경우는 거의 드물다. 그래서 시가 자본주의에 마지막까지 적대적일 수 있다고들 말하지만 그게 그렇게 간단히 결론에 도달할 수 있는지에 대해서는 의문이 든다. 확실히 시는 상품으로서 별로 매력이 없지만 어떤 시인들이 가진 상징자본은 상품이 될 수 있다.

시인들이 사회적 상징자본을 가질 수 있는 가능성이 아예 없지는 않다. 요즈음에는 소셜 미디어를 통해 그 같은 일이 일부 벌어지고 있다. 사실 최근에 시의 현실 정치화는 소셜 미디어를 통해 이루어지는 듯 보인다. 이것은 시의 특성이라기보다 소셜 미디어가 갖는 특성에 가까운데, 어지러울 만큼 다양해진 매체 환경은 그에 적합한 권력 구성을 촉진하기 마련이다. 언어에 적합한 매체 환경이라면 거기에서 시인이 불리할 것은 없다. 하지만 시인의 현실 정치 참여와 시의 정치는 동일한 문제가 아니다. 문제는 어느 지점에서 두 가지가 뒤섞여버렸다는 데에 있다. 이 동일화의 효과는 시인의 현실 정치 참여가 마치 시의 역할인 것처럼 보이게 한다.

시가 현실 정치에 유용할 수도 있고 무용할 수도 있을 것이다. 그것을 결정하는 것도 역시 구체적인 국면과 맥락인데, 그 국면과 맥락을 '보다 더' 잘 인식할 수 있는 것은 시가 그나마 갖고 있는 유용성의 울타리를 부수고 나가려는 부단한 몸짓을 가질 때이다. 무용해지기 위해서, 즉 쓸모없어지기 위한 운동을 할 때만 순간 유용할 수 있다는 것이다. 그런데 시의 운동 중 일부는 시인을 통해서 이루어진다는 것도 엄연한 현실이다. 시인이 시의 주인이라는 말이 아니다. 도리어 시인은 쓸모없어지기 위한 운동을 계속하는 시의 들판이 되어야 한다. 시는 (시인의) 삶이라는 들판에서 일어나는 바람이기 때문이다.

하이데거의 현실 정치 참여가 실패하다못해 결국 오점으로 남은 것은, 자신의 철학이 현실에 직접적으로 유용할 것이라는 오만 때문이었을 수도 있고, 앞에서 말한 구체적 국면과 맥락을 제대로 인식하지 못해서 벌어진 일이었을 수도 있다. 물론 역사의 소용돌이 복판에서 자신의 시대를 명확히 인식하기란 무척 힘든 일이다. 그리고 나름대로 현실에 충실하고자 했지만 어쩌면 자신의 실존 조건, 즉 학문적 성공으로 말미암은 독일 내부의 지위와 명예가 하이데거 자신을 옭아맨 동아줄이 되었을지도 모른다. 어쨌든 하이데거의 선택은, 나치를 피해서 피레네산맥을 넘으려다 자살한 베냐민을 떠올리게 한다. 물론 베냐민이 하이데거와는 달리 유대인이라는 이유 때문이기도 하지만, 그것보다도 베냐민은 그전부터 어떤 파국을 예감했기 때문이라고 말하는 게 타당하다.

문학이 현실에 곧바로 유용할 것이라는 생각은 위험하다. 지푸라기 같은 유용함일망정 자꾸 쓸모없음으로 만드는 운동 속에서 문학과 현실 정치는 언제나 '새로운' 긴장 관계에 처하게 되는데, 이 긴장 관계는 우리가 상투적으로 말해온, 문학과 현실 정치 사이의 물리적 거리를 말하는 것이 아니다. 이 글에서는 여기까지만 말해두자. 그 새로운 긴장 관계마저 운동하는 현실에 따라 언제나 재구성되는 것이라고만 해두자.

# 빅데이터 되기를 거부하는 글쓰기

　인공지능 시대에 인간에게 중요한 것은 창의성이라고들 한다. 왜냐면 그동안 인간 고유의 활동으로 여겨온 지적 노동의 대부분을 인공지능이 대신할 것이기 때문이다. 그래서 인공지능이 하지 못하는 창의적인 일을 해야만 인간의 존엄성을 그나마 유지할 수 있다는 것이다. 그러면서 여러 사람이 꼽는 분야가 바로 예술이다. 하지만 어떤 이는 예술작품도 인공지능이 창작할 수 있다고 주장하면서 다른 차원의 창의성이 필요하다고 역설한다. 즉, 인공지능 시대에 필요한 것은 기존에 없는 새로운 데이터이며 새로운 데이터를 창조하는 능력만이 인간의 존재 역량이 될 수 있다는 것이다.

　인공지능은 컴퓨터 기술의 비약적 발전과 뇌과학의 성과가 결합해 만들어졌다. 뇌과학이, 인간의 학습은 신경세포들 간의 연결고리 즉 시냅스에서 이루어진다는 것을 밝혀냈고, 컴퓨터 기술은 그것을 본떠 인공신경망이라는 알고리즘을 만들었다. 이 인공신경망을 최대한 복잡하게 만든 다음 거기에 빅데이터를 들이부어 인공신경망 스스로가 학습을 하게 만든 것이다. 그리고 학습에 필요한 데이터가 증가하는 것에 비례해 인공신경망의 소스 코드는 계속 추가된다. 이세돌 9단과 세기의 대결(?)을 펼쳤던 알파고는 그 결과물이다. 여기까지가 내가 아는 인공지능에 대한 지극히 초보적인 상식이다.

인공지능 시대가 우리에게 어떤 환경을 제공할지 자신 있게 말할 능력은 안 되지만, 인공지능 시대에 대한 전문가들의 예상이나 바람을 조금 다른 시선으로 따져볼 필요는 있다. 왜냐면 전문가들이 예상하는 인공지능 시대에는 우리 자신에 대한 존재론적 문제가 심각하게 대두되기 때문이다. 당연히 이것은 구체적인 삶을 위협하면서 등장할 것이다. 여기서 창의성이 인간의 정신 및 영혼의 독특함을 드러내는 지표가 되는 듯한데, 창의성은 상상력이 기반이 되지 않으면 발휘될 수 없다. 흔히 상상력을 엉뚱한 일을 꿈꾸거나 꾸미는 일과 결부시키고는 하지만 오히려 창의성은 물리적 만남 또는 물질적 관계에서 시작된다.

윤재철 시인은 「창의성」이라는 시에서 창의성은 "허리 꺾어지도록 끝없는 반복에서/ 풀리지 않는 그 고통에서" "불꽃 튀

듯 생겨나는 것"이라고 비유한 적이 있다. 시인에 따르면 창의성이란 반복되는 몸의 활동이 어떤 불가해한 장애 앞에서 섬광처럼 찾아오는 것이다. 인간은 단지 뇌만이 아니라 몸 전체를 통한 온갖 감각의 파동으로 이루어진 존재라는 점을 고려하면 시인의 이런 통찰 자체가 섬광 같다. 또 뇌에 저장된 정보로 취급되는 기억이라는 것도 단순한 데이터가 아니라 현실의 사건을 통해 끊임없이 재해석되는 서사 혹은 은유나 이미지에 가깝다. 기억은 우리가 실제로 만나는 사물이나 겪는 사건을 통해 재구성되는 역동성을 그 특징으로 갖고 있다. 다시 말해, 기억은 고여 있는 게 아니라 흐르는 물과 같다는 얘기다.

지성이라는 것도 우리가 일반적으로 알고 있는 것처럼 지식과는 별 상관이 없다. 철학자 앙리 베르그손은 (도서관에 가면 생물학 코너에 곧잘 꽂혀 있는) 『창조적 진화』(아카넷, 2005)에서 다음과 같이 말한 적이 있다.

우리가 생각하는 인간 지성은 절대 플라톤이 동굴의 비유에서 보여준 것과 같은 지성이 아니다. 그것의 기능은 공허한 그림자들이 지나가는 것을 바라보는 것도 아니고 뒤로 돌아서서 눈부신 태양을 관조하는 것도 아니다. 우리는 일하는 소처럼 중노동을 하도록 매여 있어 우리의 근육과 관절의 움직임을 느끼며 쟁기의 무게와 흙의 저항을 느끼고 있다. 행동하는 것과 행동할 줄 아는 것, 실재와 접촉하고 심지어 그것을 사는 것, 그러나 단지 우리가 수행하는 일과 우리가 파는 밭이랑에 관계되는 한도에서 그렇게 하는 것이 바로 인간 지성의 기능이다.

이렇게 보면 인간의 지성이나 창의성은 신체적 활동을 통해 시작된다는 말이 된다. 그렇다면 인공지능에 신체적·정신적 노동을 빼앗긴 현실 조건에서 창의성을 요구한다는 것은 무슨 의미일까? 마르크스는 『자본론』에서 자본주의 체제하에서는 "과학이 독립적인 힘으로 노동 과정에 도입되는 정도에 비례해 노동 과정의 지적 잠재력을 노동자로부터 소외시킨다"고 말한 바 있다. 이런 맥락에서 보자면 인간이 생산해내는 언어나 시청각적 창작물을 데이터로 환원시킨 후 다시 빅데이터로 삼으려는 기술공학적 발상은 존재 자체를 비트bit로 환원시키려는 퇴행이라고 말할 수 있다.

인공지능 시대에는 지금까지의 힘든 노동은 사라지고 삶에 여유를 안길 시간이 주어질 것이라고 말한다. 그 시간을 잘 활용하려면 예술 같은 창의적인 일이 필요하고 '로봇세' 같은 것을 신설해서 그 세입으로 기본소득을 지급하자고 한다. 하지만 이 또한 현실에서 벌어지는 구체적인 일을 모르고 하는 말 같다. 마르크스의 예측대로 지적 잠재력을 침식시키는 데이터 생산 노동이 이미 새로 출현했다. 또 온라인 구매가 늘어나면서 배달 노동자들처럼 노동시간이 고정되지 않거나 자기착취를 일삼아야 생존이 가능한 노동 형태가 점점 일반화되고 있다. 결론적으로 말해 인공지능은 인간에게 부스러기 노동을 제공하면서 그나마 남은 삶의 시간을 지금보다 더 잘게 해체해 자본의 시간으로 삼을 것이다. 즉, 죽은 시간을 더 많이 생산할 것이다.

그렇다면 왜 이러한 퇴행적인 모험이 그치지 않고 시도되는 것일까. 과학기술의 발전에 곧잘 부여되던 가치중립성에 대해 쉽게 동의하지 않는 사람들이 늘어나고는 있지만, 과학기술의 발전이 가져다주는 생활의 편의가 우리의 정신과 영혼에 어떤 영향을 끼치는지에 대해 숙고하는 광경은 그다지 흔하지 않다. 무엇보다도 과학기술의 발전이라는 것이 자본주의가 발전하면서 나타나는 현상, 즉 자본의 유기적 구성의 고도화인, 노동력의 비율을 줄이고 불변자본인 생산 수단의 비율을 높이는 것에 불과할 뿐이라는 사실은 누구도 지적하지 않는다. 그러나 이것은 '역사적' 사실이다.

또 자본의 이런 고도화라는 것은 오직 이윤을 얻기 위함인데, 이런 맥락에서 노동을 파편화하고 주변화해 그 가치를 나날이 떨어뜨리는 것은 자본의 고도화와 함께 일어나는 현상이다. 그럼에도 불구하고 대다수의 사람들은 인공지능 시대를 피할 수 없는 사태처럼 받아들이다못해 유토피아처럼 생각하는 이들도 있다. 하지만 그런 기대와는 달리 우리의 삶은 그만큼 비참해질 것이며 지금도 이미 충분히 비참하다. 심지어 과학기술의 발전으로 인한 생활의 편의를 마치 역사 발전의 단면으로 인정하는 듯한 '진보주의자'도 허다하다. 자본주의로 인한 생산력의 발전이 그다음 사회를 예비하는 것이라는 이상한 진보주의 사관이 만들어낸 이데올로기 효과 때문인 것 같지만, 단언하건대 과학기술의 발전은 존재 역량을 감퇴시킬 뿐이다.

사람들은 대체로 승리의 환호성을 함께 지를 수 있는 다수자가 되고 싶어하지 가장자리의 소수자가 되고 싶어하지는 않는다. 그것은 (어떤 형태로든) 글쓰기에도 드러나게 되어 있다. 가급적 많은 사람들에게 회자되는, 즉 지극히 일반화된 논리와 어휘를 무비판적으로 구사하려는 욕망들을 어렵지 않게 느낄 수 있는데, 나는 그것들을 '빅데이터가 되고 싶어하는 글쓰기'라고 부르려 한다. 예를 들어 현실 정치 문제를 직접 다루거나 최근 이슈로 떠오른 주제를 가지고 글을 쓰면 '좋아요'는 쉽게 획득된다. 이것을 언론이 가져다 쓰고 다시 재가공한다. 뒤이어 언론 소비자들의 반응이 뒤따르고 '좋아요'를 생산하는 원료로 되돌아온다.

사건에 대한 다른 맥락이나 관점을 생략해야만 '좋아요'가 좋아한다. 간단히 말하면 이런 글은 텍스트 소비자들에게 아부하는 글이다. 자신이 쓴 글이 빅데이터가 되는 게 시대의 흐름에 동참하는 것 같지만 그것은 인공지능 시대의 자본이 되려는 욕망에 가깝다. 물론 그것을 의식하거나 직접적으로 욕망하는 것은 아닐지 모른다. 하지만 습관과 관행마저 당대의 문화에 영향을 받는 것이라면, 우리의 의식과 무의식조차 우리 바깥의 뭔가에 의해 형성된다고 말할 수 있다. 그것들은 태초부터 우리자신의 것이 아니었다. 그것은 역사적으로 그리고 문화적으로 형성된 것들이다. 우리가 가지고 태어난 것은 유전된 물질 형태뿐이며 그것은 앞으로 어떤 것이 새겨질지 모를 어두운 서판書板일 뿐이다.

우리는 소셜 미디어를 통해 비판이라는 명목으로 언론 시장에 언어-데이터를 공급하는 유명인들을 잘 알고 있다. 그들은 언제나 자신의 기준과 척도가 옳다고 전제하며, 자신이 모든 것을 다 알고 있다는 '앎의 신화'에 빠져 있는 사람들이기도 하다. 그들은 자신의 앎보다 모름의 영역이 훨씬 더 광대하고 심오하다는 것을 인정하려 들지 않는다. 그래서인지 끊임없이 비판이라는 명목으로 현실에 개입하지만, 현실은 개선되지 않고 도리어 후퇴하는 것만 같다. 사회적 사건이 일어나면 언론은 이러한 이른바 전문가를 찾아 나서고, 어느새 전문가들은 사건에 대한 권위 있는 해석자로 인정되며, 상징/문화 자본이 부여된다. 하지만 유사한 사건이 끊임없이 그리고 강도가 더해지며 일어나는 것을 보면, 그러한 비판과는 다른 쪽으로 현실은 움직이는 것 같다.

진정 창의적인 글은 빅데이터 되기를 거부하는 글이다. 빅데이터 되기를 거부하는 글은 언제나 '모름' 속으로 자신을 던지는 글이다. 앎의 극단은 모름이라는 영역을 발견하게 되는 지점이며 여기서 앎과 모름을 가늠하는 정신의 탐침이 부르르 떨린다. 나는 이 정신의 탐침이 떨리는 현상 속에서 글쓰기가 시작된다고 생각하는 쪽이다. 따라서 글쓰기는 언제나 자신을 위험에 빠뜨리는 정신의 운동이며, 나락으로 떨어지지 않기 위해 이 운동은 "허리 꺾어지도록 끝없는 반복"을 하는 것이고, 이 반복 속에서 어느 순간에 섬광이 일어나는 것이다. 이 반복은 '배움'이라고도 불린다. 그리고 (육체적/정신적) 반복운동 속에서 찾아온 섬광이 빅데이터가 되고자 하는 언어와 같을 리 없다.

# 좋은 언어

외치지 마세요

바람만 재티처럼 날려가 버려요

신동엽 시인의 시 「좋은 언어」의 1연이다. 이 작품을 쓸 당시에 시인에게 무슨 일이 있었는지는 알 수 없지만 시의 내용으로만 봐서는 시인에게 어떤 세상의 소음이 들려왔던 것 같다. 내가 가지고 있는 『신동엽 전집』 초판 7쇄본에는 그가 죽은 다음 해인 1970년 〈사상계〉 4월호에 발표된 것으로 표시되어 있는데, 실은 1963년 동인지 〈시단〉 1집에 발표된 것이라고 한다. 이런 서지 사항까지 일반 독자들이 자세히 알 필요는 사실 없다. 중요한 것은 이 작품이 오늘날 새삼 깊이 다가오고 있다는 사실이다. 의미심장한 것은 2연인데, 거기서 시인은 "조용히/ 될 수록 당신의 자리를/ 아래로 낮추세요"라고 말한다. 그러니까 "재티처럼 날려가"버릴 수 있는 외침을 절제하려면 조용히 낮은 자리에 서야 한다는 뜻으로 읽어도 된다. 여기까지 읽으면 신동엽이 말한 '좋은 언어'는 낮은 자리에서 조용히 말하는 언어일 것이다.

물론 조용한 언어가 그대로 좋은 언어가 되는 것은 아닐 테다. 상황에 따라서는 조용한 언어는 비겁한 언어에 가깝기도 한데, 조용한 언어가 어떤 언어인지 규정해주는 것은 구체적 상황과 역사적 조건 등이다. 어쨌든 그러기 위해서는 "조용히" 서 있는 자리를 낮출 필요가 있다고 신동엽은 말하고 있다. 민주주의의 부정적 그림자(혹은 나빠진 민주주의)를 지독하게 앓고 있는 지금, 신동엽 시인이 말하는 '좋은 언어'는 여러 생각을 자극한다. 니체는 일찍이 민주주의를 비난하면서 평균적 인간의 탄생을 개탄한 바 있다. 아마도 이는 기계적 평등이 야기했거나 야기할 수 있는 균질화된 문화에 대한 비판일 것이다. 과연 이른바 '촛불 혁명' 이후의 우리 모습은 니체가 우려했던 모습의 사회와 흡사한 듯 보인다. 여기에는 물론 섬세한 역사적·사회적 분석이 선행되어야 할 것이다.

내가 말하고 싶은 것은 언어 현상에 국한된 이야기이다. 우리는 지금 좋은 언어가 아니라 '옳은 언어'에 대한 강박증에 시달리고 있는 것 같다. 옳고 그름은 도덕과 규범의 층위에서 판가름나는데, 무엇보다도 '촛불 혁명'의 진전이라는 시대적 과제와 맞물린 (정치적으로) 옳은 언어가 봇물처럼 쏟아지는 것처럼 보인다. 그런데 옳고 그름을 규정하는 척도가 제각각이다보니 옳은 언어와 옳은 언어의 충돌도 자주 빚어진다. 여기서 굳이 특정 정치적 사건을 예로 들 생각은 없다. 정치적 사건을 구체적 예로 제시하며 이야기를 진행하다보면, 나 또한 그에 대한 정치적 판단을 내놔야 하기 때문이다. 이럴 때는 자리를 옮겨 앉아 다른 관점을 보태는 게 나을지도 모른다. 어차피 맥락을 제쳐두고 이해하려는 경향이 우세한 현실을 감안할 때, 이 같은 조금은 비겁한 태도가 불가피해 보인다.

일부 사람들은 급격한 사회 변화와 경제적 상황이 우리를 불안하게 해서 그런 것이라는 의견도 내놓는다. 과연 그렇기도 한 것이, 어떤 불안과 두려움에 사로잡혀 있는 것은 세대를 막론하고 나타나는 현상이고 여기에 무슨 객관적인 데이터를 증거로 내놓을 필요까지도 없어 보인다. 이는 경험적으로 충분히 감지되는 현상이고 객관적인 증거 이전에 당대의 내면에 예민한 사람들이라면 직관하고 있는 바이기도 하다. 특히 젊은 세대의 불안감을 단순히 일자리 문제로 좁히는 것은 적절하지 않아 보인다. 그 밖에도 우리에게 닥친 심각한 문제들이 있기 때문이다. 이미 임계점을 넘어섰다는 기후위기 문제도 그중 하나이지만, 코로나 바이러스로 인한 심리적 위축도 상당해 보인다. 요는 이 문제들이 현재 인류의 지혜로는 감당하기가 쉽지 않다는 사실이다.

그렇다고 자포자기하는 것은 온당치도 않을뿐더러 도리어 사태를 악화시키며, 그러잖아도 새로운 삶의 윤리가 필요한 마당에 재를 뿌리는 일에 가깝다고 할 것이다. 그래서 들고나온 게 고작 '좋은 언어'인 것이냐 하고 따져 묻는다면 달리 할말은 없다. 하지만 이런저런 현상에 언어가 크게 영향을 끼치는 것은 움직일 수 없는 사실이다. 쏟아지는 언어들은 옳은데 사태는 점점 악화되거나 더 엉켜버리는 현상을 곳곳에서 확인할 수 있다. 그렇다고 해서 나빠지는 현실의 책임이 '쏟아지는 옳은 언어'에만 있다는 말도 아니다. 옳은 언어는 언제나 필요한 법이다. 내가 의구심을 갖는 것은 '옳은 언어'가 누구를 위한 것이냐 하는 점이다.

김수영의 시 「폭포」는 사실 큰 오해를 산 작품이다. 아마도 4·19혁명 직후에 발표된 직정적인 작품들 때문에 김수영의 시를 경직되게 읽는 습관이 깊게 뿌리박힌 것만 같다. 예를 들면, "고매한 정신처럼", "곧은 소리", "취할 순간조차 마음에 주지 않고" 등등의 시어들은 「폭포」를 윤리적으로 읽게 만든 요인이 되었을 것이다. 특히나 "곧은 소리는 곧은/ 소리를 부른다"라는 표현은 자칫 「폭포」를 경직되게 읽게 만든다. 하지만 이 또한 맥락을 제쳐두고 읽었을 때나 가능한 해석일 뿐, 작품 전체에서 와

닿은 느낌이나 당시 김수영의 내면을 참조하면 다른 결론이 나온다. 간단히 말하자면, "곧은 소리는 곧은/ 소리를 부른다"라는 표현은 고독을 통한 정신의 고양을 노래하고 있는 것이다. "곧은 소리"는 고독하지만 다른 고독을 불러들인다. 왜 고독인가? 그것은 "금잔화도 인가도 보이지 않는 밤이 되면/ 폭포는 곧은 소리를 내며 떨어"지기 때문이다. 즉, "곧은 소리"는 아무것도 안 보이는 밤에 발생한다. 다시 말하면 세계가 어두울 때 말이다. 이게 김수영의 "곧은 소리"이며 그래서 그의 "곧은 소리"는 '옳은 소리'가 아니다. 결론을 당겨 말하자면, 그것은 '좋은 언어'이다. 왜냐면 '좋은 언어'도 고독한 언어이기 때문이다.

신동엽은 3연에서 이렇게 말한다.

> 그리구 기다려 보세요
>
> 모여들 와도

세상에 쏟아지는 말들이 아무리 우리를 뒤덮고 있어도, 2연에서 말한 것처럼 조용히 아래 자리로 자신을 낮추고 기다려보자는 것이다. '기다림'에서 화자의 고독이 감지되지 않는가? 고독은 물리적으로 또 심리적으로 '나 혼자'라는 뜻이 아니다. 그것은 많은 사람들이 같은 언어로 같은 생각을 말할 때, 나라도 혼자 기다리면서 다른 언어를 찾는 상태를 말한다. '좋은 언어'

라는 것은 바로 이런 과정을 통과한 언어를 가리킬 것이다. 그것은 '선한 언어'나 '착한 언어'와는 같을 수 없으며 도리어 '좋은 언어'는 그것들을 탄핵하는데, 왜냐면 그것들 또한 진부하기 짝이 없는 언어이기 때문이다. 그 언어들에는 고독의 핏자국이 없다.

5연에서 신동엽은 "지난 날/ 언어들을 고되게/ 부려만 먹었"다고 반성하며 "때는 와요./ 우리들이 조용히 눈으로만/ 이야기할 때"라고 말한다. 그리고 "그때까진/ 좋은 언어로 이 세상을/ 채워야" 한다고 말한다. 신동엽에게 "때"는 "좋은 언어로 이 세상을" 채우는 역사役事를 통해 구현 가능하다는 뜻일 것이다. 이렇게 말하면, 나빠지는 현실에 고작 '좋은 언어' 타령이나 하는 것이 무슨 도움이 되겠느냐는 힐난 비슷한 의문에 어느 정도 변명은 될 수 있을까? 그것을 장담할 수는 없지만 '좋은 언어'는 우리의 마음과 정신을 움직이는 데 큰 역할을 한다. 특히 시의 언어는 읽는 이의 마음과 감성 구조에 변화를 줄 수 있으며, 그것은 새로운 눈을 뜨게 하거나 기존과는 전혀 다른 눈을 가지게 하기도 한다.

사실 혁명을 습관적으로 말하는 것도 요즘에는 믿음직스럽지 않다. 그런 현상은 김수영의 말대로, 속이 허해서 나타나는지도 모른다. 거꾸로 실질적인 변화를 일으키는 것은 바로 '좋은 언어'에서 시작될 수 있다. '좋은 언어'는 우리 삶의 복판에서 태어나는 언어임과 동시에 우리를 둘러싸고 있는 울타리를 넘어가는 언어이다. 그래서 '좋은 언어'는 가슴을 두근거리게 하는 언어이며, 살아 있는 생명의 언어이기도 한 것이다. (역사적인 예를 들자면 '모든 권력은 소비에트로!'라는 언어도 기왕의 울타리를 넘어가는 '좋은 언어'였다.) 그렇다면 '좋은 언어'는 현실에서는 무용한 시적 언어일 뿐인가. 그럴지도 모르겠지만, 중요한 것은 지금 당장 무용하든 어쩌든 '좋은 언어'가 보다 많이 말해져야 한다는 점이다. 저주의 언어와 저급한 언어에 이렇게 속수무책이다가는 정말로 수습하지 못할 지경에 이를 것이다. 아니, 이미 그 상황에 우리는 처했는지도 모른다.

# 표현의 자유와 표현의 책임

미국 연방헌법 1조 1항은 표현의 자유를 폭넓게 인정하는 것으로 널리 알려져 있다. 수정헌법에 따르면 "종교·언론·집회의 권리를 제한하는 법률을 제정할 수 없다"고 정언명령식으로 못박고 있는데, 여기서 특징적인 것은 긍정문을 사용하지 않고 부정문을 사용했다는 점이다. 아마도 이 "없다"에는 거꾸로 "종교·언론·집회의 권리를 제한"했던 지난 역사를 반영하고 있을 것이다. 표현의 자유는 근대가 시작되면서 탄생한 가장 선진적인 권리 선언으로 꼽을 만하다. 표현이라는 것은 단순히 의사 표현에 국한되지 않기 때문이다.

살아 있는 모든 목숨은 그것 자체가 표현하는 존재이다. 무엇을 표현하는가? 먼저 자신이 살아 있음을 표현한다. 구체적인 생활을 꾸려나가는 일 자체가 넓게 보면 하나의 표현이다.

집을 짓는 것, 이성을 향해 가슴이 뛰는 것, 실내 인테리어를 미니멀하게 꾸미는 것, 애인을 만나러 갈 때 조금 슬림한 청바지에 하얀 운동화를 신는 것, 여름에는 해수욕장에서 비키니를 입는 것 등등이 모두 표현의 범주에 드는 것이다.

시를 쓰는 것, 노래를 하는 것, 웃음을 터뜨리는 것, 페이스북에 셀카를 찍어 올리거나 멋진 문장을 옮겨 적는 것 등등도 표현의 범주에 든다. 그러니까 표현의 자유는 살아 있음의 권리에 해당되기 전에 살아 있음 그 자체를 인정하는 윤리가 되기도 한다. 신앙의 자유나 언론의 자유는 문화나 정치 같은 상부 구조에서 보장되어야 하는 자유이지만, 표현만큼은 살아 있는 존재가 그 살아 있음 자체를 밖으로 펼쳐내는 행위의 총체를 의미한다. 따라서 표현의 문제는 어디까지나 문학·예술 혹은 언론의 영역 이전의 문제가 된다. 철학에서는 이미 스피노자가 자연 세계야말로 신의 표현이라고 말한 적이 있다. 그리고 그 표현 자체가 신의 모습이기도 하다고 말이다. 나의 웃음은 기쁨의 정서를 밖으로 표출하는 것이며 나와 분리될 수 있는 게 아니다.

근대에 들어서 표현의 자유 문제는 지나치게 문학·예술이나 언론의 문제로 국한된 측면이 있다. 문학·예술이나 언론 영역이 상대적으로 표현의 방법이랄까 그 계기들을 더 가지고 있기 때문일지도 모른다. 독재자들이 권력을 잡으면 가장 먼저 통제하고 싶은 영역이 음악이다. 음악은 이미지라든가 언어라는 매개 없이 곧바로 민중의 정서를 좌우할 수 있기 때문이다. 멀리 갈 것 없이 박정희가 단속한 금지곡들, 나아가 자신이 직접 작곡을 한 일은 시사하는 바가 크다. 전두환이 광주를 피로 물들이고 행한 첫번째 기획은 '국풍81'이라는 음악축제였다.

문학에서 시인 김수영만큼 언론의 자유를 줄기차게 외친 사람도 드물다. 그는 「창작자유의 조건」이라는 산문에 이런 에피소드를 적어놓았다. 김수영의 육성을 소개하는 차원에서 인용해보겠다.

　　이 정권 때의 일이다. 펜클럽대회에 참석하고 돌아온 분들을 모시고 조그마한 환영회를 갖게 된 장소에서 각국의 언론자유의 실황에 대한 이야기가 나온 끝에 모 여류시인한테 나는 "한국에 언론자유가 있다고 봅니까?" 하고 물었더니 그 여자 허, 웃으면서 "이만하면 있다고 볼 수 있지요" 하는 태연스러운 대답에 나는 내심 어찌 분개를 하였던지 다른 말을 다 잊어버려도 그 말만은 3,4년이 지난 오늘까지 잊어버리지 않고 있다. 시를 쓰는 사람, 문학을 하는 사람의 처지로서는 '이만하면'이란 말은 있을 수 없다. 적어도 언론자유에 있어 '이만하면'이란 중간사는 도저히 있을 수 없다. 그들에게는 언론자유가 있느냐

없느냐의 둘 중의 하나가 있을 뿐 '이만하면 언론자유가 있다고' 본다는 것은, 쉽게 말하면 그 자신이 시인도 문학자도 아니라는 말밖에는 아니 된다. 그런데 이런 사고방식을 가진 소설가, 평론가, 시인이 내가 접한 한도 내에서만도 우리나라에 적지않이 있다.

굳이 김수영의 보고가 아니더라도 우리 사회에서 표현의 자유가 그나마 보장된 것이 노무현 정부 들어와서이다. 물론 예나 지금이나 김수영이 말한 "김일성 만세" 수준은 어림없지만 말이다. 그런데 이명박 정부는 정권 초기부터 이 표현의 자유를 억압하기 시작했다. 내가 보기에 역설적으로 이 시점부터 표현의 자유 문제는 보편적 권리 문제를 넘어 보편적 윤리 수준까지 사고의 심화를 요청했다. 무슨 말이냐면, 표현의 자유를 제한하는 이명박 정부의 조치들은 오히려 무차별적인 표현의 방종 현상을 부추겼다는 뜻이다. 예컨대 많은 시민들이 열광했던 나꼼수 현상은 이명박이 억눌렀던 표현에 대한 반작용인 측면이 크다. 스마트폰의 보급이라는 물리적 토대의 구축이 그것을 더 촉진시킨 사실도 인정해야겠지만 말이다.

얼마 전 전두환의 회고록을 법원이 판매 금지시키자 이를 두고 '표현의 자유'를 침해했다는 가소로운 주장이 나왔다. 법원이 전두환의 회고록에 실린, 5·18광주민중항쟁 당시 북한군이 개입했다는 주장을 '표현의 자유를 넘어선 허위 주장'이라고 판결했던 것이다. 이 상황과는 많이 다르지만 몇 해 전 세종대 박유하 교수가 쓴 『제국의 위안부』가 '위안부' 할머니들에게 피소돼 학문의 자유와 표현의 자유 논쟁을 불러일으킨 바 있다. 기억하기로는 민사 재판에서 일부 문구를 삭제, 수정 후 배포하라는 판결이 내려졌지만 올해 초 형사 재판에서는 표현의 자유를 인정하는 판결을 내려 무죄를 선고했다.

전두환의 경우 자신의 회고록을 통해 일방적인 주장을 한 점이 법원에서 유죄를 선고하게 된 이유이지만, 박유하 교수의 경우 자신의 연구물이 민사에서 비록 수정, 삭제 판결을 받았지만 형사에서는 무죄 판결을 받은 경우이다. 아마도 우리가 여기에서 인지할 수 있는 것은, 근거 없는 일방적인 주장이냐 아니면 최소한의 근거를 갖춘 연구 저작물이냐, 이런 차이일 것이다. 박유하 교수의 경우 그 문제의 책에 대해서 비판적인 사람들도 저작물을 법정에 세우는 것에 반대했었다. 또 '위안부' 할머니들도 박유하 교수에게 몇 가지 타협책을 제시한 것으로 알려졌지만 박유하 교수의 거절로 결국 법정에 서고 말았던 것이다.

나는 이 두 사례가, 표현물이 직접적으로 상대방의 존엄과 기본권을 훼손했을 때 과연 '자유'는 어디까지 보장되어야 하는지에 대한 질문을 던진다고 생각한다. 전두환의 경우는, 지금까지 밝혀진 역사적 사실을 부정한 상태에서 5·18민중항쟁의 사자와 생존자들을 능멸했다. 박유하 교수의 경우는 학문적 연구의 결과물로, 본인의 의사와는 상관없이, 결과적으로 일본군 '위안부' 생존자 할머니들을 모욕했다(고 최소한 할머니들은 주장하고 있다). 그런데 모욕이라는, 말하자면 중세적인 가치처럼 치부되는 것들 위에 자유라는 근대적 가치를 두어도 되는 것일까?

한 가지 예를 들어보겠다. 근대가 훼손하는 인간의 존엄성을 지키고자 강력한 이견을 제시한 사람 중 한 명은, 내가 알기로는, 중세철학 연구자이며 가톨릭 수사인 리 호이나키이다. 그는 가톨릭 수사답게 신에게 부여받은 인간의 존엄성을 훼손하는 모든 것들에 저항한다. 호이나키는 친구인 이반 일리치와 함께 현대 의료제도, 학교제도, 죽음 산업 등을 비판하는데, 그들에게 인간은 한낱 신의 피조물이 아니다. 도리어 신성을 간직한 존재들이다. 호이나키는 동생 집을 찾아가다 만나게 된 가게에서 아르바이트를 하는 어느 장애 여성에게서 역설적인 아름다움을 발견하기까지 한다. 일반적인 견해로는 장애는 정상(이라고 불리는 문화적인 기준)에 못 미치는 상태를 말하지만 호이나키에게는 그런 장애란 있을 수 없는 것이다. 정상이라는 것 자체가 인간적인 기준이다.

한국 근대문학의 역사에서 '금서'는 자주 양산되었다. 그런데 그 금서들은 대체로 정치권에 의해서 만들어졌다. 정치권력이 금서를 만든 것은, 바로 정치권력 자체를 그 금서들이 비판하고 있기 때문이다. 다시 김수영 이야기를 하자면, 그는 1960년 10월 6일 일기에 "시 「잠꼬대」를 쓰다. 나는 아무렇지도 않게 썼는데, 현경한테 보이니 발표해도 되겠느냐고 한다. 이 작품은 단순히 〈언론자유〉에 대한 고발장인데, 세상의 오해 여부는 고사하고, 《현대문학》지에서 받아줄는지가 의문이다. 거기다가 조지훈도 이맛살을 찌푸리지 않는가?"라고 썼다. 그리고 결국 10월 29일 일기에 "「잠꼬대」는 발표할 길이 없다. 지금 같아서는 시집에 넣을 가망도 없다'고 쓴다. 그 「잠꼬대」가 바로 「김일성 만세」인데, 내용은 사실 언론자유에 대한 것이다. 그러나 이미 그는 언표의 발화를 통해 대한민국 근대문학사상 가장 높은 표현의 자유를 실험한 시인이 되었다.

지금껏 '금서'로 지정돼 표현의 자유를 누리지 못한 문학작품을 보면 한 가지 특징이 있는데, 바로 표현의 자유가 '비판의 자유'였다는 점이다. 즉, 지금껏 한국 근대문학사에서 벌어진 금서 문제에는 해당 저작물이 비판의 자유를 통제선을 넘어 누리려 했다는 특징이 있다. 근대라는 시간은 거칠게 분류해 경제적인 측면에서 펼쳐지는 파괴적인 시간과 정치, 사회문화에서 펼쳐지는 진취적인 시간이 혼종되어 있는 역사적 단계이다. 이 혼종의 양상, 또는 그것들의 복잡한 상호관계에 대해서는 역량 부족으로 입을 열 처지가 못 되지만, 최소한 정치적·사회문화적 측면에서 보면 개인의 역량을 펼칠 기회가 상대적으로 어느 시대보다 더 열린 것도 부정할 수 없는 사실이다.

비판은 그러한 개인의 몫이다. 개인의 연합인 집단은 비판을 넘어선 에너지, 봉기나 혁명의 역량을 가질 수 있지만, 개인의 역량은 비판 이상을 넘어서기 힘들다. 유독 근대의 지성들이 비판을 강조한 것은 그들이 언제나 근대적 개인의 위치에 서 있었기 때문이다. 따라서 언어를 다루는 모든 영역들, 학문이며 언론, 그리고 문학에서 비판의 자유는 매우 중요하고 유의미하다. 근대와 더불어 강조된 표현의 자유는 기실 비판의 자유라고 보는 것이 역사적 현실에 부합된다. 권력이 그 비판의 자유를 통제하려 드는 것은 비판이라는 무기가 집단에 주어졌을 때 비판의 역량이 봉기나 혁명 같은 예측 불가능한 힘으로 전화될 수 있기 때문이다.

그런데 비판의 자유라는 것은 "~에 대하여" 존재하는 개념이다. 대상이 없는 비판이란 성립될 수 없다. 그런데 표현의 자유가 비판의 자유로 전개된 지난 역사를 유념하면서, 표현의 자유가 꼬리에 불붙은 망아지처럼 어떤 고려도 없이 발화되는 작금의 현상에 대해 다른 사유를 진행할 것을 지금 요구받고 있는 것은 아닐까. 표현의 자유를 추상화시키지 않고 구체적 맥락에 위치시키면서 사유하는 습관은 날이 갈수록 필요한 덕목이다. 이웃을 모욕하거나 피해자에게 거듭 상처를 입히는 일을 과연 표현의 자유라는 이름으로 보호해야 하는 걸까? 앞에서 소개한 중세적 가치로서의 인간 존엄성의 문제는 근대에 제기된 권리보다 가벼운 문제가 결코 아니다.

첨언하자면, 표현의 자유 문제는 이미 그 내포부터가 법리적인 해석을 거부한다. 따라서 표현의 자유 문제를 법정에 세우는 일도 난센스이긴 마찬가지이다. 그렇다면 그것을 오늘날 누가 판단하고 결정할 수 있는가.

표현의 자유 문제는 생각보다 심원한 철학을 수반한다. 앞에서도 말했듯이, 살아 있는 것들은 그 표현형을 갖기를 욕망하기 때문이다. 유전자는 디엔에이 염기서열의 표현형이고, 한 사람의 눈동자 색깔은 그 사람 유전자 사이의 관계가 밖으로 드러난 표현형이다. 비버의 수중 집은 비버의 '확장된' 표현형이라는 도킨스의 주장도 있다. 이런 논리는 시 창작에서도 매우 중요한 의미를 갖는다. 시가 시인의 표현형이라면, 시인의 무엇이 표현되는 것인가? 그것은 시인의 경험, 기억, 해석, 정서, 정신, 충동, (지금의) 사회적 관계가 복합적으로 표현된 것이다.

그러나 이 표현 이론에서 놓치지 말아야 할 것이 있다. 그것은 자신의 표현이 타인의 표현과 다시 관계 맺는다는 사실이다. 그 관계 양식 속에서 각자에게는 어떤 '기억'이 만들어져 수렴된다. 만일 자신을 표현하지 못하는 존재와 관계한다면 우리는 다른 기억을 만들어 우리 자신 안으로 수렴하지 못한다. 바람은 공기 흐름의 표현이다. 구름은 지상의 수증기와 태양열이 관계하는 것의 표현이다. 표현은 발산이지만, 우리는 표현을 통해 발산하는 동시에 다른 기억을 수렴한다. 그리고 이 수렴된 기억은 다시 여러 복잡한 과정을 거쳐 우리 안에 머물다 어떤 계기를 거쳐 다시 표현된다. 표현에 대한 철학적·생리학적 의미에 대해 우리가 재고해봐야 하는 것은, 우리가 오늘날 지나치게 기호를 방출하는 경쟁을 벌이고 있기 때문이며 사실 이런 기호의 과잉 방출은 무절제한 시장 경제적 속성과 닮았기 때문이다.

침묵이 없는 발화의 연속은 죽음의 길이다. 그 역도 마찬가지이며, 이런 보다 아래 심급에서 표현의 문제가 검토된 다음에야 사회적으로 비판의 자유가 올바로 행해질 수 있는 것이다. 여기서 올바르다는 것은 도덕이나 규범에 순종적이라는 뜻이 아니다. 앞에서 말했듯, 표현과 수렴이 적절하게 또 제대로 이루어진다는 의미일 뿐이다. 정치권력과 자본권력에 대한 비판에만 익숙한 문화는 또다른 난감함을 그림자처럼 일으킨다. 정치권력과 자본권력 자체가 자신들의 표현을 역사적으로 달리하고 있는 현실에서 비판이 그 타깃을 제대로 설정하기 위해서라도 끊임없는 자기비판/자기운동과 함께해야 한다. 지지대가 불안한데, 타깃이 제대로 조준될 리가 없다.

내가 말하고 싶은 것은, 일반적으로 말해지는 권리로서의 표현의 자유 문제를, 윤리를 동반하는 표현의 책임 문제로도 구부려 사고할 수 있어야 한다는 것이다. 물론 내가 말하는 책임 문제는 자기비판과 권력비판을 동시에 수행하는 힘이기도 하다.

# 기후위기 시대의 언어

기후위기로 인한 삶의 위기감이 점점 높아가는 것 같다. 미래에 대한 보통사람들의 인식과 감수성은, 얄궂게도 선각자의 외침이 들리고 한참 지나서야 구체적 실감을 얻는다. 그리고 어떤 사안이 감각으로 느껴질 때는 이미 늦은 경우도 있다. 아마 기후위기 문제가 이에 해당될 것이다. 그런데 인간의 감각은 얼마 안 가서 다른 감각으로 대체되기도 하는데, 예를 들어 견디기 힘든 더위를 지나 푸른 하늘과 선선한 공기가 우리를 감싸는 가을이 되면 우리의 감각은 얼마 전의 무더위를 곧 잊는 경우가 그렇다. 하기야 인간의 감정과 생각이 어느 한 상태에만 머무르는 것은 있을 수 없으며 만일 그런 상태가 지속된다면 우리는 심각한 정신 질환에 시달리게 될 것이다. 어쨌든 이제 지구의 기온이 일종의 평형 상태를 잃고 급격하게 올라갈 것이라는 기상학자들의 예견이 있고, 이렇게 지속적으로 온도가 올라가면 향후 20년 안에 고등생물이 절멸한다는 다소 파국적인 경고를 하는 과학자도 있으며, 어쩌면 티핑 포인트tipping point를 지났을지 모른다는 목소리들도 들려온다.

기후위기의 근본 원인이 자본주의 근대 문명에 있다는 진단은 이제 상식에 속한다. 자본주의 근대 문명이 석탄과 석유 같은 화석 연료를 기반으로 작동된다는 사실은 어렵게 생각할 것도 없이 우리의 경험이 가르쳐준다. 이 화석 연료를 태우는 과정에서 나오는 이산화탄소 등의 온실가스가 직접적 원인이라는 사실은 많은 과학자들이 공통적으로 주장하고 있는 바다. 반대로 인간 등 동물계의 생명에 절대적으로 필요한 산소를 공급하는 나무의 입지는 눈에 띄게 줄어들었다. 그러다보니 장소를 가리지 않는 개발 현장에서 산이 뭉개지고 나무가 뿌리째 뽑히는 일이 다반사가 되었다.

한편으로는 육식 위주의 식습관과 잦은 외국 여행 등 우리의 일상생활 자체도 지구에 메탄가스와 이산화탄소를 축적시키는 데 큰 영향을 끼치고 있다. 코로나19 이후 정부가 내놓은 한국판 뉴딜에서는 마치 디지털 산업의 성장이 기후위기의 무슨 방편인 것처럼 말하고 있는데, 사실 우리가 쓰는 인터넷을 위해 돌아가는 서버 때문에 생기는 이산화탄소의 양도 어마어마하다. 이렇게 자본주의 근대 문명 자체가 기후위기를 재촉하고 있으며, 이는 단지 산업시설뿐 아니라 우리가 누리는 문화나 일상의 편의도 이에 가세하고 있는 형국이다.

그런데 2020년 현재 정부가 기후위기에 대해 내놓은 정책이랄까 방책은 거의 눈 가리고 아웅 하는 식이다. 혹자들은 지구적 현상에 대한민국이라는 한 나라의 항로 변경이 세계적으로 무슨 의미가 있으며 그러다가는 세계 질서에서 도태될 뿐이라고 우려하기도 한다. 하지만 이런 인식들이 모여서 결국 지금의 사태를 초래하지 않았던가. 기후위기로 인한 폭염에 대한 이야기가 좀 나올라치면 언론이나 정치권은 에어컨과 전기세 타령뿐이다. 이에 대해 세세하게 따지는 것은 내 역량을 넘어서는 일이기도 하고 이 자리에서는 여러모로 무리가 있다. 다만 내가 요즘 골똘히 생각하는 것은 기후위기와 우리 내면의 관계인데, 조금 더 엄밀히 말하자면 기후위기가 우리의 자아에 어떤 영향을 끼칠 것인가 하는 점이다. 그리고 그 매개요소인 언어는 과연 어떤 역할을 하는 것일까?

기후위기로 인해 나타나는 폭염이나 홍수, 침수 등에 대해 국가는 그때그때 필요한 대증요법도 내놓아야겠지만 근본적으로는 보다 장기적인 계획이 선행되어야 하고 언론은 그 심각성을 알리기 위해 별도의 노력을 기울여야 한다. 그런데 알다시피 정치권은 오로지 권력 투쟁뿐이고 언론은 클릭 장사에 몰두하느라 이 문제에 별 관심이 없거나 혹은 권력을 잡는 지렛대로 삼든가 클릭 장사에 필요한 상품으로 삼는 것 같다.

———

언어가 우리의 내면에 끼치는 영향이 큰 것은 어쩔 수 없는 사실이다. 이미지와 동영상의 시대가 도래했다지만, 아니 그러니까 더더욱 언어는 우리에게 중대한 문제가 된다. 현실의 권력 관계에서 언어가 차지하는 비중은 전혀 줄어들지 않았다는 게 내 판단인데, 이는 결국 이미지이든 동영상이든 최종적으로는 언어화될 수밖에 없고 언어화되어야 권력관계가 현실화되기 때문이다. 뜨거운 이슈가 떠오를 때마다 소셜 미디어의 유명 논객들이 마치 부나방처럼 언어를 쏟아내는 것도 다 이런 권력 구조를 알거나 경험해봤기 때문이다.

이렇게 이들은 언어 시장에서 자신의 권력을 구축해나간다. 아니, 이들은 도리어 이슈를 만들어 언론에 제공하는 역할까지 하는데 그렇다고 해서 이들을 뉴스 생산자라 부르면 곤란한 것이, 그것은 뉴스 즉 사건이 아니라 실체 없는 거품 같은 기호들이기 때문이다. 들뢰즈/가타리가 어떤 맥락에서 말했건 간에 "언어는 정보의 소통이 아니라 그와는 전혀 다른 어떤 것, 즉 명령어의 전달이다"라는 말은 오늘날의 언어 현상을 역설적으로 가리키고 있다. 그런데 이 명령어는 "어휘뿐 아니라 구조며 모든 문장 요소들을 변주시킨다".

물론 이들의 언어론은 급진적인 정치 사태를 위한 것이었지만('여성-되기', '소수자 언어' 등) 지금 가장 급진적인 혁신(?)을 바라는 것은 바로 자본이다. 자본이야말로 우리에게 쉬지 말고 혁신을 하라고 다그치고 있다. 코로나 이후 이제는 과거로 돌아갈 수 없다는 언명들에서도 자본의 냄새가 나거니와, 저 IMF 구제금융체제에서 언표되었던 언어들이 동일하게 되풀이되고 있기 때문이다. 과거로 돌아갈 수 없으니 모두 디지털에 몰두해야 한다. 비대면으로 하는 원격진료가 허용되어야 하고, 직접 학교에 나갈 필요 없이 각자의 집에서 화상으로 동영상 수업을 받아야 한다. 직접 만나지 못하는 데서 일어나는 사회적 간극과 유대의 약화는 디지털로 메우겠다는 것이다.

직접 만나지 않고도 그에 준하는 효과를 디지털로 내겠다는 이런 사고들은 당연히 인간의 만남 자체를 불온시하는 것이며 만남 자체를 본격적인 사업으로 전개해나가겠다는 것일 따름이다. 이런 언어들이 아마 기후위기 시대의 언어가 될 것으로 예상되는데, 이 또한 디지털 기술이 뿜어내는 이산화탄소로 지구의 기후위기가 가속화되는 바탕 위에서 펼쳐질 것이며, 지금까지도 충분히 그래 왔다.

이제는 고인이 된 〈녹색평론〉 전 발행인 김종철 선생은 이러한 테크놀로지 문명에 완강하게 저항하면서 생태적 가치와 '시인의 마음'을 설파해온 실천적 지식인이었다. 생전에 그는 다음과 같은 말을 한 적이 있다.

지금은 적어도 말 잘못해 가지고 붙들려가고 핍박을 당하는 그런 상황은 아니잖아요. 그 대신 정보 과잉이 되고 정보 포만의 시대가 되고 보니 말에 대한 신념들이 약해진 것이 아닌가 해요. 말에 대한 주의집중이라 할까 공경심이 없어요. 그러니 함부로 말을 하게 되고 그에 대해 책임도 안 지고 그러는 것이죠. 시라는 건 결국 말을 극도로 줄여서 말에 대한 경의를 최대한 표시하는 예술 형식이라고 할 수 있잖아요. 말에 대한 주의를 기울인다는 것은 말에 대한 공경심 없이는 불가능해요. 그리고 그 공경심은 결국 삶에 대한 공경심이란 말이에요.(「시적 인간과 생명의 논리」, 『시적 인간과 생태적 인간』, 삼인, 1999)

놀라운 것은 이 발언이 1999년에 나왔다는 점이다. 그리고 1999년은 IMF 구제금융체제의 한복판이었다. 이미 김종철 선생은 자본이 본격적으로 활개칠 시대의 언어 현상을 꿰뚫고 있었던 것일까. 물론 선생 자신이 예민한 시적 감수성을 지닌 문학비평가였기 때문에 가능한 인식이었겠지만, 문학도라고 해서 누구나 그런 감수성을 갖는 것은 아니다. 진짜 중요한 것은 "말에 대한 존경심", 즉 "삶에 대한 존경심"이다. 이 '존경심'이 없는 언어는 결국 사물과 삶을 난폭하게 다루게 되어 있다. 생각이 난폭하면 말도 난폭해지고, 말의 난폭함은 다시 생각의 난폭함을 증폭시키며 결국 현실을 나쁘게 변화시킨다.

———

물론 코로나 이후 우리는 과거로 돌아가지 못하리라는 언명에는 이중성이 도사리고 있는 게 사실이다. 앞에서 말한 것을 제외한 나머지 하나는 지금껏 우리가 자행해온 자연 파괴를 더이상 되풀이해서는 안 된다는, 즉 기존의 방탕과 편의를 더 바라거나 추구해서는 안 된다는 윤리적·정치적 절박함이 담겨 있다. 하지만 그 발화를 누가, 언제, 어떻게 하는가에 따라 통용되는 의미가 달라져버린다는 데에 문제가 있다. 즉, 우리가 관심 가져야 할 것은 언어의 이데올로기 작용이다. 언어에 대한 본질주의적 접근 태도는 자본과 국가가 사용하는 언어를 버리는 일에 머물고 말지만, 변증법적/정치적 접근 태도는 새로운 의미를 불어넣을 줄 안다. 여기에는 일단 언어를 뒤집어서, 즉 반어나 역설을 통해 자본과 국가가 담아놓은 의미를 쏟아버리는 방식이 수반된다. '과거로 돌아갈 수 없다'를 '과거로 나아간다'고 하거나 과거는 옷에 묻은 흙먼지가 아니라 우리 정신과 몸에 새겨진 무늬라고 받아들이는 방식도 이에 해당될 것이다. 현재는 과거의 눈빛을 등에 받으며 미래라는 아가리로 들어가는 순간이다. 그리고 이 순간을 가장 잘 표현할 수 있는 언어가 바로 '시적 언어'이다.

앞에서 말한 소셜 미디어의 유명 논객들이나 언론이 뿜어내는 언어에 대응하는 데 가장 적합한 언어는 그것들에 '반대'하는 언어라기보다 그것들 자체를 무력화시키는 '시적 언어'이다. '시적 언어'가 아니고서는 막강한 저들의 화력을 감당할 수가 없다. 그 언어들에 맞선다며 함께 언어의 화력을 보강하는 일은, 우리를 새로운 지옥으로 안내하게 될 것이며 지금도 일부 진행중인 사태이기도 하다.

언어 자체가 직접적으로 기후위기를 막지는 못하겠지만, 언어마저 기후위기를 야기한 것들을 닮아간다면 기후위기를 막아야 하는 새로운 윤리도 정립되지 않을뿐더러, 기후위기로 인한 폐해에 앞서 우리 스스로가 자신을 좀먹는 존재가 될지도 모른다. 이것은 기후위기를 막는 직접적 행동과 반드시 함께해야 할 고민이며, 직접적 행동으로 초래될지도 모르는 여러 불건강한 상태들, 즉 조급함, 공격성, 불경심, 공명심, 오만함 등 불교식으로 말하면 아상我相에서 비롯되는 심리적 상태를 어느 정도 제어하고 교정해줄 수 있을 것이다. 그러기 위해서는 언어에 구체적인 삶의 토양이 배어 있어야 한다.

하지만 오늘날 시인들마저 우리를 구성하는 깊은 자연을 영혼으로 삼지 않는 것 같다. 도리어 자연을 배척함으로써 현대성을 얻고자 하지만, 자연에 비추어보지 않은 현대성이라면 그것은 시인의 자의식이 가공한 허깨비일 가능성이 크다. 더구나 그러한 시의 언어가 기후위기를 재촉하는 문화적 촉매 역할을 할 수도 있다고 나는 생각한다. 만물은 본디 물, 불, 흙, 공기로 구성되어 있다고 엠페도클레스가 말했듯이, 우리는 '시적 언어'의 바탕을 보다 직접적인 데서 찾아야 하는데, 디지털 장막이 없거나 희박한 과거로 돌아가 삶의 새로운 가능성을 발굴하는 방법도 있다.

이것은 단순히 전통에 대한 고루한 교양주의가 아니며 전통에 대한 낭만적인 몽상도 아니다. 인간의 역사는 단지 '현대'에 국한되지 않는다. 도리어 찰나적인 현대에 사로잡힘으로써 우리는 지구의 역사를 망각했고, 끝 모르게 펼쳐지는 생명의 연결 고리를 잃어버린 것만 같다. 과연 '시적 언어'는 우리의 존재를 조금 더 광대한 시간과 공간으로 개방시켜줄 수 있을까. 다른 것은 모르겠지만 최소한 현대인의 특징인 협소한 자아에 갇히게 하지는 않을 것이다.

아무래도 '시적 언어'를 현실 속에 콩알 심듯 하는 일이, 기후위기 시대를 사막으로 만들지 않는 불가결한 일인 것만 같다. 그리고 이것은 그 의미가 작지 않은 실천이다.

# 속도의 언어와 시적 언어

언어는 존재의 집이다. 언어라는 가옥 안에 인간은 거주
한다.

사유가와 시인은 이러한 언어의 파수꾼이다.

_마르틴 하이데거

## 언어와 문화

조르주 바타유는 『에로티즘』(민음사, 2009)이라는 책에서 인
간과 여타 동물 사이의 구분선 세 가지를 들었는데, 그것은 노
동, 죽음에 대한 의식 그리고 섹스였다. 하지만 달리 생각해보
면 죽음에 대한 의식이나 노동도 결국 언어를 통해서만 가능한
것이다. 인간에게 세계를 의식하는 능력이 있다면 그것은 당연
히 언어 작용을 통해서일 테고, 단순히 종족 보존을 위한 교미

가 아닌 문화적인 맥락을 갖는 섹스도 어쩔 수 없이 언어 작용을 통해서 가능한 것이 아닐까. 여기서 말하는 '언어'는 단지 말하는 것이나 쓰는 것만을 가리키지 않는다. 발화되기 이전이나 쓰기 전의 사고도 우리는 언어라고 부를 수 있다. 언어가 인간의 특징을 구분 짓는다고 해서 언어를 가진 인간이 우월하다는 뜻은 물론 아니다.

마르틴 하이데거는 "언어는 존재의 집이다"라는 유명한 언명을 남긴 「휴머니즘 서간」에서 존재와 사유, 그리고 언어의 관계를 다루면서 다른 종들에게는 '존재의 밝음'이 없다고 말한 바 있다. 정확하게는 이렇게 말했다. "식물과 동물은 그때마다 자신의 주변Umgebung 안으로 생生을 확장하여 적응하기는 하지만 결코 존재의 밝음 안으로—단지 존재의 밝음만이 세계다—자유롭게 들어서지 못하기 때문에, 그들에게는 언어가 결여되어 있다." 나는 하이데거가 말하는 '존재'나 '존재의 밝음' 등에 대해서 모호한 느낌 이상의 것을 갖고 있지 않지만, 내가 인간인 이상, 그가 무엇을 말하려는 건지 공감할 수는 있을 것 같다.

아주 오래 전에 이런 일이 있었다. 농사를 짓겠다고 잠깐 시골로 내려갔다가 적응하지 못하고 다시 서울로 돌아왔던 때의 일이다. 이른바 '닷컴열풍'이 불던 때인데, 그쪽 분야를 잘 알지도 못하면서 지인의 배려로 관련 업종에서 일을 하게 되었다. 아무래도 그쪽 언어가 내게 스며들었던 모양인지, 농사 흉내를 함께 냈던 분이 오랜만에 만나서 내게 말이 바뀌었다며 좀 씁쓸해했다. 그 말을 듣고 나도 당황했지만 그것은 사실이었고, 나름으로 어쩔 수 없는 일이라고 치부해버린 기억이 난다. 언어라는 것이 추상적인 무엇이 아니고 역사적으로 또는 문화적으로 형성되는 것이라면 정말 어쩔 수 없는 일 아니겠는가.

하지만 더 정확하게 말하면 언어라는 것은 생활과 생활을 가능하게 하는 구체적인 장소에 의해서 만들어진다. 누구나 경험하듯이 서울에 살다가 고향에 내려가면 자신도 모르게 잊었던 고향의 언어가 되살아나곤 한다. 잊었던 것이 아니라 기억의 다른 영역에 머물러 있다가 고향이라는 구체적인 장소에서 자극을 받아 꺼져 있던 그 영역에 불이 들어오는 것에 가까울 것이다. 이렇게 말하면 기억이라는 것이 우리의 존재 자체일지도 모르고, 거기가 밝아지면 그걸 또 '존재의 밝음'이라고 부를 수도 있겠다는 견강부회도 가능해진다. 이렇게 기억은 가장 원초적인 자극에 의해서 활성화되는 것 같기도 하다. 이 말은 다시, 우리의 언어는 우리가 사는 구체적인 장소와 그 장소에서 펼쳐지는 문화적인 흐름 속에서 만들어진다는 추측을 가능케 한다. 그래서 장소가 변하면 언어가 따라 변하고, 다시 문화와 되먹임 작용을 하면서 언어와 문화가 함께 변화한다고 말해야 적절할 것이다.

그런데 언어에 대해 이런 입장을 가지면 시대가 변함에 따라 언어도 변한다는 사실 앞에서 조금은 여유를 가질 수 있을까? 변한다는 사실을 긍정하는 것과 변한 사실을 받아들이는 것은 혹 범주가 다른 문제는 아닐까? 언어가 변하는 것과 함께 당대의 문화가 변한다고는 하지만 어디에나 예외는 있기 마련이다. 사실 이 '예외'에 대해서 말하고 싶은 게 이 글의 목적이기도 하다. 하지만 언어와 문화가 변한다면 거기에 조응해 우리의 내면과 정신도 따라 변하는 것이 진실이다. 이렇게 구체적인 삶과 언어, 그리고 문화는 서로가 서로의 꼬리를 물고 거대한 원환을 그린다. 따라서 최종적으로 남는 문제는 구체적인 삶이 '어떻게' 변하냐는 게 될 것이다.

### 생각을 아웃소싱하다

그렇다면 오늘날 우리의 언어에 압박을 가하는 가장 큰 환경은 무엇일까? 나는 그것을 고도화된 기술 문명이라고 생각한다. 라디오나 텔레비전이 등장할 때도 생활에 큰 변화가 있었을 것이라는 점은 유추하기 어렵지 않은데, 다음과 같은 이반 일리치의 경험담은 시사하는 바가 결코 작지 않다. 소년 일리치가 할아버지가 사는 크로아티아의 브라치섬에서 겪은 이야기는 다음과 같다.

1926년에 저를 태우고 간 바로 그 배를 타고 확성기가 처음으로 섬에 도착했습니다. 확성기라는 게 있다는 소문조차 들은 사람이 거의 없었습니다. 그때까지 남자든 여자든 다들 고만고만한 목소리로 말했습니다. 하지만 그날부터 달라졌습니다. 그날부터 마이크를 누가 잡느냐에 따라 누구의 목소리가 확성되는지가 결정됐습니다. 정적靜寂은 이제 공용에 포함되지 않게 됐습니다. 확성기들이 서로 차지하려고 경쟁을 벌이는 자원으로 바뀐 것입니다.(「빼앗긴 공용, 들판과 고요」, 『과거의 거울에 비추어』, 느림걸음, 2013)

일리치가 겪은 확성기 경험은 기술 문명이 우리의 심성과 정신을 어떻게 변화시킬 수 있는지 보여준다. 하물며 확성기의 영향이 저러했는데, 디지털 기술을 기반으로 한 인터넷과 스마트폰의 등장은 우리에게 어떤 결과를 야기했겠는가.

우리는 사회관계망서비스SNS를 통해 인간관계의 외연이 예전에 비해 넓어졌고 특정 의견을 공유하면서 서로 친밀해졌으며 시공간적 제약을 넘어선 소통을 이루고 있다고들 말한다. 2020년 5월 현재 가입자 수가 26억 명에 이르는 '페이스북'은 사용자 각자가 자신의 계정을 만들어 자유롭게 여러 의견을 올리고 일상을 '친구'들과 공유하며, 자신의 계정을 사용자 스스로가 자율적으로 운영하는 것으로 우리에게 인식되어 있다.

하지만 이런 현상 이면에는 다른 것이 작동하고 있다고 〈뉴 리
퍼블릭〉의 전 편집장 프랭클린 포어는 주장한다. 오랜 기자생활
에서 얻은 경험과 정보를 바탕으로 쓴 『생각을 빼앗긴 세계』(반
비, 2019)에서 그는 다음과 같이 말한다.

> 페이스북은 누구에게나 열려 있는 건강한 광장이 아니
> 라, 철저히 관리되는 상명하달식 시스템이다. 페이스북은
> 대화의 패턴을 흉내 내지만 표피적인 특성에 지나지 않
> 으며, 사실은 정보를 분류하는 복잡한 규칙과 절차다. 그
> 리고 이 규칙은 페이스북이라는 기업이 궁극적으로 기업
> 의 이익을 얻기 위해 고안한 것이다. 페이스북은 사용자
> 를 끊임없이 감시하고, 평가하며, 행동 실험에 쓰는 실험
> 용 쥐처럼 사용한다. 사용자들에게 선택권을 제시하는 듯
> 한 인상을 주면서, 실은 사용자들을 일정 방향으로 몰아
> 가고 있다. 사용자를 위해 좋은 방향을 제시한다고 하지
> 만, 결국 사용자가 (페이스북에) 중독되는 방향이기도 하
> 다.(「페이스북이 벌이는 자유의지와의 전쟁」)

자본주의 사회에서 운영되는 기업은 모두 자기 이윤을 위해
서 존재하므로 포어의 이런 비판은 사실 일반론에 가깝다. 그
런데 문제가 그렇게 간단하지가 않다. 그것은 오늘날 4차 산업

혁명의 총아로 인공지능이 대두되면서 상용어가 된 알고리즘 때문이다. 알고리즘은 주어진 문제, 즉 데이터를 논리적으로 처리하는 데 필요한 절차나 방법, 명령어들의 집합을 말하는데, 포어에 따르면 페이스북은 알고리즘의 복잡성을 극대화시켜 사용자의 반응을 중심으로 "사용자의 인종, 성적 취향, 연인/배우자의 유무, 더 나아가 마약을 사용하고 있는지까지를 단지 그들이 누른 '좋아요'만으로 짐작해낼 수 있다"는 것이다. 만일 이러한 주장이 맞는다면 페이스북은 사용자들을 "일정 방향으로 몰아갈" 수 있다. 그에 대한 몇 가지 사례를 따라 읽어도 좋지만, 여기서 정말 중요한 것은 그러는 와중에 "우리가 사고를 기계에 아웃소싱"하게 된다는 그의 지적이다. "사실은 그 기계를 운영하는 기업에게 아웃소싱하는 거"지만 말이다.

내 주위의 페이스북 사용자 중 예민한 사람들은 포어의 저 주장을 이미 실감하고 있다. 비근한 예로 정치적 사건이 벌어지면 의견이 갈리다못해 나중에는 감정이 심하게 훼손당하는 일이 갈수록 잦아지는 것을 들 수 있다. 이른바 '조국 사태'와 일본군 '위안부' 피해자이자 그 자신이 인권활동가인 이용수 할머니의 정의기억연대 비판 기자회견 이후 벌어진 일은 그 생생한 사례 중 하나일 것이다. 여기서 말하고 싶은 것은 어느 쪽 주장이 진실에 더 가깝거나 정치적으로 올바르냐는 문제가 아니다. 그것보다도 사건을 수용하는 언어와 태도를 가만히 살펴보면, 포어의 주장에 설득력이 있음을 알아챌 수 있다. 우리는 클릭 수에 목숨을 거는 미디어가 생산하는 언어를 페이스북 같은 SNS를 통해 퍼뜨리고 비판하면서 그 논쟁에 끌려들어간다. 그런데 정말 페이스북이 자신들만의 "정보를 분류하는 복잡한 규칙과 절차"를 통해서 사용자에게 제공하고 있다면 어떻게 되는 것일까.

물론 이 모든 것을 SNS 탓으로 돌릴 수는 없을 것이다. 하지만 전통 미디어들이 클릭 수를 구걸할 수 있는 방법이 페이스북 같은 플랫폼에 절대적으로 종속되어 있다면 이야기는 적잖이 달라진다. 전통 미디어 자체도 페이스북의 "정보를 분류하는 복잡한 규칙과 절차"에 둔감해질 수는 없기 때문이다. 전통 미디어가 자신의 목숨을 아웃소싱하고 있다면 기사의 내용과 기사의 언어 또한 그렇다는 의미가 되며, 언어를 아웃소싱하고 있다면 사고와 현실에 대한 입장마저 아웃소싱하고 있다는 얘기도 된다. 그리고 페이스북 같은 SNS를 중심으로 언론과 사용자 사이에 뫼비우스의 띠 같은 무한루프가 만들어진다. 이 불길한 예감이 일부라도 사실이라면 우리는 분명 언어를 빼앗긴 채 살고 있는 것이다.

## 속도 물신주의

이런 것들의 바탕이 되는 디지털 기술 문명은 정보처리와 전

송속도를 극대화하기 위해서 모든 것을 코드화하는데, 코드화란 동질화의 기술적 표현일 뿐이다. 이는 디지털 기술의 본성이다. 모든 신호와 기호를 '0'과 '1'로 환원시키는 것이 곧 디지털 기술의 기본 원리인데, '0'과 '1' 사이에는 아무것도 존재할수 없다. 오로지 '0'과 '1'의 무한한 조합만이 허용될 뿐이다. 이진법은 철학자 라이프니츠의 발명품이지만, 이 이진법이 디지털 기술에 적용되면서 어느 기준 이상의 전기신호는 '1'로, 그이하는 '0'으로 환원시켜버린다. 여기서 허용되는 것은 환원된 '있다'나 '없다'와 이것들의 무한 조합뿐이다. 그런데 이 환원과무한 조합(무한 증식)은 자본의 핵심 원리가 아니던가. 그래서 '0'과 '1'의 세계는 다양성의 세계가 아니라 단일성의 세계에 가까우며 다양성이 허용된다면 그것은 '0'과 '1'의 무한한 조합을통해 만들어진 디지털 상품뿐이다. 그리고 이 디지털 상품의효과가 우리의 정신과 내면에까지 잠입해 우리를 바꾸고 있는것이다. 이 문제를 파헤치기 위해서는 복잡다단한 분석 과정이필요하겠지만, 디지털의 환원 원리가 디지털 상품의 외형을 입고 출현하고, 다시 디지털 상품이 그것을 사용하는 우리들에게 영향을 끼칠 수 있다는 것을 직관하는 것은 차라리 자연스럽다.

현대는 속도를 절대적으로 숭상하는 시대다. 하지만 사람들은 왜 이렇게 우리가 속도에 열광하며 살고 있는지 따져보지는 않는 것 같다. 속도가 우리에게 더 강렬한 자극을 주고 심리적 해방감을 주기 때문에 속도에 빠져드는 것일까? 사실 이런 말들은 동어반복에 지나지 않는다. 근대의 속도는 자본의 회전속도가 파생시킨 현상에 지나지 않는다. 자본의 회전속도가 빠르면 빠를수록 이윤 창출에 어떻게 유리한지에 대해서는 마르크스가 『자본론』 2권에서 상세하게 분석한 바 있다. 물론 자본의 회전속도를 추동하는 것은 집적된 자본에 의해서이긴 하지만, 자본의 속도는 노동의 속도도 강제하는 동시에 다른 한편으로는 "신용제도의 기초의 하나로 되는 것임에 틀림없다"(「제15장 회전시간이 투하자본의 크기에 미치는 영향」). 다시 말하면 글로벌 자본으로 군림하고 있는 금융자본의 역사적 기원도 결국 자본의 회전속도에 가속도가 붙으면서 형성된 것이다. 금융자본의 탄생 비밀이 이 속도에 있다면 인터넷을 통한 금융자본의 신속한 이동은 제 속성에 충실한 것이다.

이 지점에서 우리는 다시 현대 언어를 글로벌 금융자본 시스템과 연관시켜 생각해볼 필요가 있다. 점점 그 물질성을 잃어가는 현대 언어가 혹 금융자본이 화폐를 기호화하는 현상과 상동성을 갖는 것은 아닐까. 언어가 물질성을 잃어버리는 사태는 언어의 발화 주체를 구체적인 감각과 자꾸 유리시키는 문명의 흐름과 정말 무관한 것일까. 언어에 무슨 물질성이 있느냐는 반론도 충분히 예상할 수 있지만, 언어라는 것이 무언가를 지시하기에 앞서 지각 작용을 통해 생성된 인식과 그 해석의 표현이라는 관점에서 보자면 언어에도 물질성이 있다는 주장 역시 그리 무리한 것은 아닐 테다. 특히 시에서 그 생생한 예를 확인할 수 있지만 이 글과는 어울리지 않는 작업이므로 생략한다. 어쨌든 이런 일이 사실이라 하더라도 그 책임을 각 개인에게 지우는 것은 진실을 한 번 더 비트는 일일 것이다.

오늘날 자본을 비판할 때, 우리는 노동력에 대한 물리적인 착취만을 보려는 경향이 있지만 본질은 시간의 문제이다. 시간을 어떻게 분절해서 효율적으로 착취하는지에 대해서 예민해져야 할 이유가 여기에 있다. 자본주의는 자본가가 노동자의 노동력을 구매해서 상품 생산에 투입하는 현상을 표현하는 언어이지만, 보다 더 정확하게 말하자면 자본가는 노동자의 삶의 시간을 산다. 삶의 시간을 노동의 시간으로, 즉 삶의 시간을 가변자본으로 변형시키는 경제체제가 자본주의인 것이다.

이 논의의 결과를 미리 엿보자면, 우리가 지금 숭배하는 속도 물신주의는 자본의 회전속도가 낳은 극단을 가리킨다. 다르게 말하면 우리는 지금 속도라는 질환에 걸려 신음중인데, 이 질환은 신음을 쾌락으로 변모시킨다. 즉, 우리가 속도를 통해 얻는 쾌락의 정도는 정신이나 영혼이 앓고 있는 질환의 정도와 정비례하는 것이다. 문제는 우리가 이러한 도착증세를 제대로 인식하지 못한 채 도리어 그것을 즐기고 있다는 점이다. 병에 걸린 줄 모르는 상태에서는 치유가 불가능한 법이다. 하지만 다행히도 우리의 정신과 영혼은 우리 자신이 어떤 병에 걸렸는지 언뜻언뜻 알려준다. 우리는 다만 그 병의 치료를 위해 자본주의 대중문화에 의탁하거나 또는 정신병원으로 달려간다. 거기에 또다른 자본주의 산업이 입을 벌린 채 우리를 기다리고 있는데도 말이다.

그런데 만일 이 속도 물신주의에 언어마저 물들어 있다면 어떻게 되는 것일까? 언어와 문화가 서로 영양분을 제공하면서 상호작용하는 것이라면 언어가 속도 물신주의에 깊이 침윤되어 있는 것도 전혀 엉뚱하지 않다. 이것은 단지 말을 줄여서 하려는 풍토나 자고 나면 탄생하는 신조어를 염두에 두고 하는 말이 아니다. 물론 그러한 현상도 속도 물신주의라는 공통 기반 위에서 나타나는 것이지만, 언어가 속도 물신주의에 사로잡혀 있다면 우리의 사고와 감정도 그만큼 빠르게 움직일 수밖에 없다. 언어가 단지 지시 대상을 가리키는 도구가 아니고 언어를 통해서 사고하고 언어를 통해서 감정을 표출한다면, 언어와 사고, 언어와 감정은 거의 함께 움직인다고 봐야 한다. 물론 언어-표현은 언어를 압도하는 사건 앞에서 가끔 중단되기도 하지만 말이다. 그럼에도 불구하고 언어-표현이 그림이나 음악 등과 같은 표현 방식의 바탕이 되는 것도 움직일 수 없는 사실이다.

## 무엇을 할 수 있을까

그렇다면 언어를 자본주의의 속도에서 빼내오는 것이 당면한 실천 과제일 텐데, 이 일이 개인 차원의 결단의 문제가 아니라는 데에 사태의 심각성이 있다. 도리어 무지막지한 속도의 복판에서 개인은 매 순간 자신의 존재를 잃어버릴 위험에 처하며 실제로 그런 일은 이미 벌어지고 있다. 앞에서 말했지만 거대한 SNS 플랫폼이 회전시키는 속도에 전통 미디어도, 각 개인들도 휘말려 들어간 지 오래다. 도리어 자신의 존재를 입증해줄 '강한' 언어를 스스로 개발해야만 하는 형국에 우리는 처해 있다. 특히 유튜브를 중심으로 점점 더 많이 생산되는 가짜 뉴스는, 달리 생각해보면 정치적 바람 때문이라기보다는 자신의 존재를 입증하기 위한 무의식적인 몸부림일지 모른다. 거기에 성공하면 돈까지 벌 수 있는 현실이니 유혹의 기제가 더욱 강한 구심력을 갖는 것은 차라리 자연스러운 일이라고 할 수 있다.

원론적으로만 말한다면, 우리는 우리가 처한 조건을 바꾸거나 거기에서 벗어나는 수밖에 다른 대안이 없어 보인다. 언어의 변화는 생활의 구체적인 변화를 통해서만 가능하기 때문이다. 하지만 우리를 옭아매고 있는 사회경제적 사정들이 보통 복잡한가. 일단 수도권에 모여 살지 않으면 그나마 가느다란 생존마저 위험에 처하게도 된다. 사실 메트로폴리스 없는 디지털 기술 문명이란 상상하기 힘들 것이다. 자연이 도시를 압도하는 장소에서 디지털 기술이 번창하기 쉽지 않은 것은 인프라에 비해 효율성이 떨어지기 때문일 것이다. 자연은 그렇게 반기술적일 수밖에 없지만 자연이 기술에 이미 종속되어버린 것도 오래된 일이다.

아직도 과학기술의 발전이 우리 삶의 영역에서 '객관적 위치'를 차지하고 있는 것처럼 인식하고 있는 사람들이 다수이지만, 사실 자본주의에서 과학기술의 발전은, 마르크스의 용어를 빌리자면 불변자본의 거대화·집적화에 지나지 않는다. 기술이 발전할수록 노동이 하찮아지고 식민화되는 현상은, 자본주의가 발전할수록 불변자본과 가변자본의 유기적 구성의 변화를 통해 자본이 이윤량을 늘리려 한다는 마르크스의 '일반적 법칙'과 정확하게 부합된다. 마르크스는 어쩔 수 없이 발전주의자의 면모도 가졌지만, 한편으로 이런 슬픔도 예견한 사람이다. "과학이 독립적인 힘으로 노동과정에 도입되는 정도에 비례해 노동과정의 지적 잠재력을 노동자로부터 소외시킨다." 여기서 그가 말한 '지적 잠재력의 소외'는 자본의 속도에 휘둘리고 있는 오늘날의 언어 현상에서 두드러지게 나타나고 있는 것은 아닐까.

이렇게 무엇에서부터 시작해야 할지 막연함만 팽배한 상황에서는 어떤 계몽적인 결론도 소용없다. 도리어 계몽적 합리주의 자체가 이 사태의 철학적 뿌리일 수도 있다. 왜냐면 디지털 기술이야말로 결과를 향한 직선의 논리를 바탕으로 하기 때문이다. 그럼에도 불구하고 우리는 무언가를 웅얼거려야 하는데, 이 웅얼거림 자체가 '다른 언어'의 생산이거나 최소한 그 시작일 수 있기 때문이다. 웅얼거림이 착란이 된대도 지금은 별 도리가 없어 보인다. 사람들은 그나마 시가 자본주의적 기술 언어에 저항할 수 있는 유일한 길이라고 말하곤 하지만 내게는 이제 시마저도 위태로워 보인다. 하지만 시를 문학의 한 장르로 국한시키지 않는다면 이야기는 조금 달라질 수 있다.

## 시적 언어의 회복

하이데거는 「예술작품의 근원」(『숲길』, 나남, 2008)이라는 글에서 예술작품 속에서는 "진리의 일어남이 존재한다"고 말하면서 특히 "시작(詩作, 시 짓기)됨으로써, 그것은 존재자의 환한 밝힘과 은닉으로서 일어난다"고 덧붙였다. 여기서 '시'는 물론 문학의 한 장르를 가리키는 것이 아니다. "모든 예술이 그 본질에 있어서 시 짓기라고 한다면, 건축예술과 회화예술 그리고 음악예술은 시poesie로 환원되어야 한다." 이 말은 모든 예술작품에는 시poesie가 존재해야 한다는 의미일 텐데, 하이데거에 따르면 현실이 은폐시킨 존재의 진리를 드러내는 장場이 곧 '시 짓기'이기 때문이다. 하지만 하이데거는 끝내 이렇게 말한다. "그럼에도 불구하고 언어예술작품은—즉 좁은 의미에서의 시 짓기는—모든 예술 가운데서 어떤 탁월한 위치를 차지하다." "언어가 존재의 집"이라는 하이데거의 사상을 염두에 둔다면 충분히 가능한 결론이다. 우리는 어디까지나 언어로 사고하고 언어를 통해 표현하며, 그 언어로 세계를 이루기 때문이다.

태초에 바람 가득한 대지가 있었다. 그리고 인간은 언어로 오두막을 지었고 그 오두막 안에서 줄곧 살아왔다. 그런데 언제부턴가 오두막 안에는 햇볕과 대지에서 부는 바람 대신 기계의 언어가 들어차기 시작했으며, 햇볕과 대지의 바람을 통해 진화해왔던 인간은 이제 자신이 만든 기계가 생산하는 기호들로 사고하고 표현하며, 다시 다른 기계의 세계를 만들어가고 있다. 만일 이 또한 지독하게도 인간적인 세계의 모습이라면 우리에게는 이참에 '인간' 자체를 사유의 법정에 세우는 모험도 필요할 것이다. 무엇보다 중요한 것은, 지금 우리의 언어가 매우 위태로우며 이 글에서 지적했던 현상이 점점 더 지배적으로 자리 잡게 될 것이라는 점이다. 인간의 언어는 언제나 대지에서 시작되어야 한다. 그것은 육체적인 생활 속에서 언어가 태어난다는 말과 크게 다르지 않은데, 현실은 정반대로, 프랭클린 포어에 기대어 말하면, "우리 사회는 이제 예술과 사상이 알고리즘에 의해 좌우되는 시대로의 진입을 앞두고 있"는 것이다.

'시적 언어'라는 것은 테크놀로지의 꽁무니를 따라다니는 것을 거부하는 언어다. 일반화되고 납작해진 언어를 벗어던진 언어이고, 상투적인 유행어를 신경질적으로 배격하는 언어이다. 그것은 정파적 입장이나 정치 이념의 언어가 아니라 구체적인 사물을 각자의 몸에 새긴 언어이며, 그래서 시야를 뿌옇게 가리는 미디어의 언어를 걷어내고 삶의 심장이 펄떡대는 소리에 귀 기울이는 언어이다.

# 혐오의 언어와 시

    최근에 한국에서는 20대 남성들의 보수화를 우려하는 목소리들이 높다. 언론에서 집중적으로 다루는 주제이기도 하다. 미디어 환경의 변화로 인해 예전에는 드러나지 않았던 사건들이 부각되는 것인지, 아니면 예전에는 없던 사건들이 최근에 벌어지고 있는 것인지는 아직 확실히 모르겠다. 다만, 스마트폰이 일반화되면서 소셜 미디어를 통해 온갖 소소한 사건들이 시시각각 중계되고 있는 것은 사실이다. 어느 언론 기사에 따르면 소셜 미디어를 통한 관심 끌기가 하나의 경제 현상을 이루었는데, 여기에도 경쟁 구조가 만들어져 점점 더 과격화해지고 있다고 한다. 그 경쟁에서 살아남기(?) 위해 '혐오 콘텐츠'가 양산되고 꾸준히 업데이트된다는 것이다. 이 믿기 힘든 현실은 직접 목격하지 않아도 우리 주위를 빠르게 침식하고 있음을 직감적으로 느낄 수 있다.

문제는 개인이 만든 '혐오 콘텐츠'들을 떠받치고 있는 사회의 구조일 것이다. 솔직히 말하면, 나는 요즈음의 언론을 믿지 않는다. 그들은 사건의 심층에는 관심이 없고 오로지 클릭을 유인하는 선정적 보도를 일삼을 뿐이며, 정치적인 흐름에 야합해 사건의 진실보다는 표면에 떠다니는 정확하지 않은 이야기들을 유포하는 데 앞장서고 있다. 이런 현상은 내게 매우 심각한 질문을 던진다. 무엇보다도 시가 그동안 지켜왔던 '진실'에 대한 태도 또는 어떤 윤리가 무참히 짓밟히고 있다고 보기 때문이다. 오늘날 한국 문학은 진실보다는 손쉬운 '정치적 정의'에 기대고 있는 것처럼 보인다. (사실 여기서 주의해야 할 것은 '정의'라기보다 '정치'인데, 언제부턴가 한국의 시가 지시하는 정치는 특정한 정치 집단이 되고 말았다.) 정치적으로 정의로우면 '진실'은 일단 제쳐두는 듯하다. 그런데 진실에 입각하지 않은 정의는 과연 어떤 미래를 가리키는 것일까?

1997년에 한국은 IMF로부터 달러를 차입했다. 국내에 보유 중인 달러가 소진되어 국가 간 무역거래가 불가능해졌기 때문이다. 이때 한국은 일본과의 통화 스와프currency swap를 통해 사태를 해결하려 했으나 미국의 개입에 의해 IMF로부터 어쩔 수 없이 달러를 빌려야 했다. '미국의 개입'이라고 쓴 것은, 훗날 이 모든 것이 미국의 기획인 것은 아닌가 하는 의혹이 잇따랐기 때문이다. 아무튼 이른바 '구제금융체제'는 한국 사회에 엄청난 결과를 가져왔다. 한국의 사회적 전통이랄까 고유한 문화가 금융자본주의 질서에 의해 파괴되고 말았던 것이다. 사람들은 누구나 '혁신'을 말하지만 오늘날 혁신의 의미는 미국을 위시한 국제 자본의 언어에 가깝다. 쉽게 말하면 '구제금융체제'는 한국 사회를 돈만 아는 물신주의에 빠뜨리고 만 것이다. 이게 국제 자본이 원하는 혁신이었던 것이다.

금융자본주의체제 안으로 한국이 본격적으로 편입되고 나서 벌어진 일은 내면의 황금화였다. 이제 사람들은 돈을 숭배하기 시작했고, 돈이 되지 않는 일이면 아무 의미가 없다고 여긴다. 동시에 많은 사람들이 일터를 잃었고 가정은 파괴됐다. 일터는 이윤을 깎아먹는 노동자를 내쫓았고 가정에 돈이 들어오지 않자 가정이 해체된 것이다. 물론 일터는 다시 노동자를 불러들였지만 짧은 기간만, 전보다 낮은 임금을 받으며 일하라고 했다. 또는 노동 에이전시를 통해 채용했다. 일터를 쪼개고 쪼개 산업 현장 자체를 원자화한 것이다. 삶의 최소 단위까지 이윤을 위해 재편성한 일련의 '혁신'들은 사람들의 내면에 돈이라는 맘몬mammon을 들여앉히면서 그나마 남은 인간적 가치를 비웃고 그것에 의혹의 눈길을 던졌다. 돈이 되는지 여부가 그 의혹의 눈금이다.

얄궂게도 '구제금융체제'에서 한국은 정보통신산업을 새로운 경제 발전의 견인차로 내세웠다. 인터넷 보급률이 한때 세계 최고를 자랑했고, 정보통신산업은 노동을 가혹하게 재편했다. 대다수의 사람들은 이 성과가 새로운 한국을 만들었다고 믿지만, 이 과학기술 문명이 사람들에게 끼치는 부정적 영향에 대한 통찰은 거의 없었다. 시 역시 더이상 삶의 진실과 리얼리티에 관심을 가지지 않았다. 도리어 진실이나 리얼리티가 혁신의 대상이 되었다. 우리가 사물이나 사건의 진실을 알기 위해서는 인식론적 재현이 필연적인 과정인데도 포스트-모던 세상은 이 인식론적 재현을 깨뜨리는 게 혁신이라고 주창했다.

나는 감히 혐오의 언어는 이런 역사적·사회적 바탕 위에서 본격적으로 생산되었다고 본다. 돈에 대한 물신숭배는 자연스레 자신의 '미래의 돈'에 장애가 되는 것이면 무엇이든 부정해야 했다. 그게 여성이든, 장애인이든, 비정규직 노동자이든 말이다. 늙었든, 젊었든, 농촌이든, 과거이든 말이다. 숲이든 강물이든 말이다.

앞에서 한국의 20대 남성의 보수화를 언급한 것은 지난 구제금융체제의 문화가 심어놓은 배제와 좌절이 내면화된 결과일지도 모른다는 생각에서였다. 그들의 성장기는 그 시절과 정확히 겹친다. 내게는 물론 사회학적인 데이터와 논리가 없다. 어디까지나 경험에 의한 직관에 의존할 뿐인데, 나는 나의 직관이 그다지 틀렸다고는 생각하지 않는다. 지금도 그렇지만 구제금융 시기 이전에도 나는 노동자였고, 그 시기에도 노동자였다. 내 친구들도 거의 노동자였다.

결론은 이렇다. 혐오의 토대는 바로 우리가 사는 자본주의 세상이다. 미국을 등에 업은 국제통화기금이 한국 사회에 강요한 혁신이 노동자들의 내면을 어떻게 바꿔놨는지 나는 내 경험으로 입증할 수 있다.

그런데 이런 현실에서도 시는 필요한 것일까? 경험이 평균화되고 그 질적 차이가 사라진 오늘날 같은 자본주의 현실에서 말이다. 언어가, 꿈틀대는 구체적인 세계에서 탄생하지 않고 소셜 미디어를 통해 다중에게 강요되며, 산업화된 문화를 흉내 내는 일에 몰두하는 지금 이 시간에 말이다. 앞에서 시를 '진실'에 대한 태도 또는 윤리라고 했지만, 사실 시는 진실의 진실, 그 진실의 진실의 진실……을 찾아 나서는 여정, 바로 그것이다. 그렇다면 시에는 영원히 출발선만 주어진다고 할 수 있는데, 독자들은 시가 진실을 찾아 나서는 발걸음이라는 진실도 혁신하자고 한다. 그것은 또한 시장의 언어이기도 하다. 그렇지 않으면 파문당하는 것도 간단한 일이다.

그럼에도 불구하고 시는 이 파문을 긍정해야 한다고 생각한다. 파문을 몸에 두르고 평생 이성의 렌즈를 깎은 스피노자처럼 말이다.

# 강정, 밀양, 성주 그리고 문학

　이명박 정부의 대한민국 해군은 2012년 3월에 제주도 서귀포시 강정마을 중덕 해안에 있는 구럼비를 폭파하고 해군 기지 건설을 시작했다. 구럼비는 길이 1.2킬로미터, 너비 150미터에 달하는 용암바위이다. 약 3만 년 전 해저화산폭발로 생겨난 이 바위는 서귀포 앞바다 범섬 등과 어울려 경관이 빼어날뿐더러 강정마을 주민들의 무의식에 깊이 새겨진 토템이기도 했다. 구럼비가 본래 모양을 유지하고 있을 때부터 강정마을 주민들의 반대 투쟁에 한국의 작가들이 동참하기 시작했다. 해군 기지 건설은 인간 존재의 토대인 자연을 파괴하는 행위이며 강정마을 주민들의 삶을 훼손하고, 국제적으로는 미 해군의 진출을 중국의 코앞에까지 허용하는 군사적 위험도 따르기 때문이다.

　해군 기지 건설은 그 이전 노무현 정부 때부터 추진되어왔지만, 2011년 미국 오바마 대통령의 '아시아로의 회귀Pivot to Asia' 선언을 통해 한층 더 강하게 추진된 것처럼 보인다. 이 '아시아로의 회귀'는 중국의 세력 확장을 한반도 남쪽에서부터 억제하겠다는 전략의 다른 이름이었다. 한국은 일본의 오키나와와 더불어 이미 미국의 군사 기지 국가로 전락한 지 오래인 상태인데, 강정마을에 해군 기지를 건설해 미 해군을 더 전진 배치시킬 수 있는 효과를 얻으려 했던 것이다. 한국과 미국이 맺은 방위조약에 따라 미군은 언제든 한반도에 전략 무기를 배치할 수 있기 때문에, 강정 해군 기지는 결국 미 해군의 기지 역할도 겸하게 되어 있다. 이미 이런 속셈은 미국의 평화활동가들에게도 간파당했다. 하지만 한국 정부는 그 같은 사실을 결코 인정하지 않았다. 도리어 '민관복합항'이라는 거짓 이름을 붙였다. 그리고 드디어 2017년 11월 22일에 미 핵잠수함인 미시시피함(SSN-782)이 완공된 해군 기지에 입항했다.

경상남도에는 물이 맑고 산이 높은 밀양이라는 소도시가 있다. 2002년 베니스영화제에서 감독상을, 2006년 칸영화제에서 각본상을 받은 이창동 감독의 영화 〈밀양Secret Sunshine〉의 소재가 된 곳으로도 알려져 있다. 한국의 전기회사인 한국수력원자력은 밀양의 산자락에 송전탑을 세우는 공사를 시작했다. 이에 맞서 싸우던 주민들 중 이치우씨가 2012년 1월에 분신자살을 했다. 공사를 멈추라는 극단적인 저항이었다. 그는 자신의 죽음이 송전탑 건설을 막을 수 있을지도 모른다고 판단했을 것이다. 그의 나이는 당시 74세였다. 주민들은 송전탑 건설이 자연을 파괴하고 인근 주민들의 삶을 위협한다고 주장했다. 실제로 송전탑 인근의 주민들에게 암이 많이 발병한다는 보고서가 있다.

새로 건설되는 송전탑에는 76만 5000볼트의 전기를 대도시로 송전하는 역할이 주어졌다. 그리고 그 전기는 현재 건설중인 핵발전소 신고리 5호기와 6호기에서 생산될 터였다. 전기회사인 한국수력원자력은 한국의 공기업이며 관련 정책의 총괄은 대한민국 정부의 통제하에 있다. 대한민국 정부의 전기 정책은 언제나 농촌, 소도시, 해안 지역을 희생양 삼아 펼쳐져왔다. 대한민국의 핵발전소는 현재 24기가 가동중이고, 6기가 건설중이며, 4기가 건설 준비중이다.(한국수력원자력 홈페이지 참조) 밀집도는 세계에서 단연 1위이다. 또 핵발전소가 밀집된 동남부 해안은 현재 지진이 다시 활성화되고 있는 지역이며, 대규모 철강산업단지가 들어서 있는 인근 포항에서는 2017년 11월 15일 리히터 규모 5.4의 지진이 일어나 많은 피해를 입기도 했다. 이렇게 지진이 예상되는데도 핵발전소를 계속해서 건설, 운영하려는 데에는 관련 자본의 이해가 걸려 있다. 또 근대 문명의 편리함을 포기하고 싶지 않은, 자본이 심어놓은 이기적인 욕망들이 더해졌다.

밀양에서 멀지 않은 경상북도에 성주라는 농촌이 있다. 성주는 한국에서 참외 생산지로 유명하며, 최근에는 인근 대도시에서 적잖은 사람들이 자연을 찾아 이주하고 있는 고장이기도 하다. 성주는 '별빛이 가득하다'는 뜻을 가진 지역이다. 물이 맑고 해인사로 유명한 가야산을 옆에 두고 있다. 대한민국 국방부는 성주읍 남쪽에 있는 성산星山에 사드THAAD(고고도 미사일 방어체계) 기지를 구축하겠다고 기습적으로 발표했다. 2016년 7월 13일의 일이다. 국방부는 국회에서의 논란을 피하기 위해 성산에 있는 공군 방공포대를 확장해 건설하려 했던 것이다. 성주 주민들은 그 결정에 즉각 반발했다. 그러자 국방부는 같은 성주군이지만 성주읍 북쪽의 초전면 소성리에 있는 골프장으로 장소를 변경했다.

주민들은 동아시아에 군사적 긴장만 가져오고 평화에는 도움이 안 되는 사드 미사일 기지는 한국의 어디에도 발을 들일 수 없다며 투쟁에 돌입했다. 하지만 탄핵 전 박근혜 정부 때에 시작된 사드 배치 시도는 대통령을 탄핵시킨 힘으로 정권을 인수한 문재인 정부에 걸쳐 사실상 완료되었다. 물론 그 절차는 합리적이지도 않았을뿐더러 합법적이지도 않았다. 법으로 명시된 일반환경영향평가도 생략했고 주민들과의 협의도 없었다.

협의가 없었으니 '동의'라는 것 자체가 어불성설이다. 국방 문제나 국가 정책에 관한 한국 정부의 이런 관행은 아주 고질적이며, 이런 측면에서 보면 한국은 아직 민주주의 국가가 아니다.

사드 미사일 배치의 표면적 배경에는 북한의 계속되는 미사일 발사 실험이 있다. 하지만 많은 전문가들에 의해 사드는 군사적 효용성이 없다고 지적받아왔다. 속내는 사드 미사일에 수반되는 X밴드 레이더이다. 그 레이더로 중국까지 염탐하겠다는 것이다. 이에 중국은 반발했고, 지금까지 한국과 중국 간의 외교적 긴장은 풀리지 않았다. 그런데 이 사드 미사일 기지의 운영권은 미 태평양사령부에 있다. 앞에서 말했듯 성주 소성리의 사드 미사일 기지는 미군 기지이며 이 또한 중국의 세력 확장을 저지하려는 미국의 군사 전략의 일환일 뿐이다. 그리고 그 근저에는 미국의 군산정軍産政복합체의 욕망이 부글거리고 있다는 사실만은 꼭 기억해두자.

나는 왜 세계 여러 나라의 작가들이 모인 이 자리에서 최근 벌어진 한국의 일들을 말하고자 하는 걸까? 이 세 가지 사건은 전쟁과 핵이라는 공통 기반 위에 서 있기 때문이다. 전쟁과 핵은 생명에 직접적 타격을 주는 위험 요인들인데다 가공할 피해를 입힌다. 전쟁은 평화 상태에서 갑작스럽게 일어나지 않는다. 전쟁 에너지의 꾸준한 축적 끝에 터지는 사건이 전쟁인 것이다. 한국에서 이 전쟁 에너지의 축적은 멈춰진 적이 없다. 그런데 한국인들에게는 아직도 전쟁에 대한 깊은 내상이 존재한다. 1950년 한국전쟁으로 한국 사회는 정치적·경제적·문화적으로 큰 타격을 입었으며 그 흔적이 지금도 집단무의식을 이루고 있다. 사실 일부 호전적인 사람들의 광기도 그 무의식의 발현일 것이다. 또 2011년의 지진해일로 후쿠시마의 핵발전소가 폭발하면서 핵물질에 대한 공포가 광범위하게 자리잡은 것도 사실이다. 그 공포가 막연한 두려움이 아닌 것은, 한 번 더 말하지만, 최근 한국에서도 지진이 잦아지고 있기 때문이다.

전쟁은 아직 일어나지 않았고 핵발전소 사고로 재앙을 맞은 적이 없다는 안심은 무책임하다못해 반윤리적이다. 전쟁에 필요한 기지와 핵발전소는 언제 한국 사회를 붕괴시킬지 모르는 현실적 위험 요소다. 우리가 평화를 말할 때 현실에서 벌어지는 구체적인 폭력을 예민하게 의식해야 하는 것은 너무도 당연한 일이다. 평화는 언어로만 존재하는 것도 아니며 또 유토피아적이거나 추상적인 상태를 말하는 것도 아니다. 평화는 삶의 물리적 토대를 위협하는 국가주의와 자본이 주도하는 경제주의에 맞서 투쟁해야 그나마 '간신히' 유지된다.

물론 문학이 직접적으로 그 투쟁에 참여해야 하고 그것에 기계적으로 복무해야 한다고 주장하는 것은 문학의 특성을 간과한 독단에 빠질 위험이 있다. 하지만 역으로 문학은 구체적 현실과는 무관한 작가 개인의 재능과 영감을 통해 가능하다는 관점 역시 그 자체가 독단론이다. 인간의 내면과 상상력 그리고 창조적 재능은 인간을 인간 아닌 생명체와 구별해주는 중요한 분기점이 되지만, 그 내면과 상상력은 언제나 구체적 현실과 관계하고 있다. 세계는 진공관이 아니라 여러 존재가 얽혀 만들어진다. 차라리 세계 자체가 그치지 않는 사건과 그 사건을 가능케 하는 사물들로 구성되어 있다. 따라서 인간은 특정 시공간을 초월해 존재하지 못하며 인간의 삶 자체가 세계를 이루기도 할 만큼 인간은 그야말로 세계-내-존재이다.

문학은 현실과는 다른 것을 꿈꾼다. 그러나 '다른 것을 꿈꾼다'는 이 공리가 문학은 현실을 초월하는 것이거나 현실과 무관한 것이라는 망상의 근거가 될 수는 없다. 나는 문학이 꿈꾸는 '다른 것'은 필연적으로 현실로 되돌아올 수밖에 없다고 믿는다. 문제는 무엇으로 되돌아오느냐는 점이다. 오늘날 한국은 외형적인 경제 발전과 그것을 입증하는 각종 수치와는 상관없이 깊이 병들어 있다. 빈자와 부자의 재산 격차는 갈수록 커지고, 이와 맞물려서 정신적 황폐화도 꾸준히 심화되고 있다. 한국의 자살률이 OECD에서 1위인 것이 그것을 충분히 표현하고 있다. 외국 언론들은 박근혜 정부를 물리치고 상대적으로 민주적인 정부를 세운 한국 사회를 상찬하고 있는 것 같다. 하지만 삶이 지속될 수 있는 경제적·사회적·문화적 토대가 훼손

된 민주주의는 그냥 껍데기일 뿐이며 언제든 퇴행할 수 있다. 이는 물론 한국만의 상황은 아닐 것이다. 세계 곳곳에서 벌어지고 있는 퇴행적 움직임들은 신자유주의에 의해 세계 민중의 삶의 토대가 파괴된 결과이다.

우려스럽게도 현재의 한국 정부에 이 같은 문제들을 극복할 수 있는 역량을 기대하기는 어려워 보인다. 삶이 지속될 수 있는 토대의 허약함은 민주주의와 평화를 항구적으로 위협하는 요소가 될 것이다. 사실 이명박 정부와 박근혜 정부 시기에 민주주의가 급격히 퇴행한 것은 놀랍게도 '민주정부'라 불리던 이전 정부, 즉 노무현 정부의 신자유주의적 국가 정책이 큰 역할을 했다. 경제는 성장했지만 구체적인 삶의 토대는 빠르게 무너진 결과였던 것이다. 성장한 경제의 이윤은 고스란히 자본의 수중으로 넘어갔을 뿐이다. 도리어 민주정부가 민중의 삶의 토대를 공격하기도 했다. (평택 대추리의 미군 기지와 부안의 방사능 폐기장 문제 등은 그 비근한 예이다.)

문학이 이런 현실을 두고 어디로 갈 수 있을까? 또는 무엇을 쓸 수 있을까? 문학에 특정한 길을 강요하는 것은 있을 수 없는 일이다. 나는 다만 아직도 문학이 현실의 고통을 함께 앓아야 한다는 전통을 지지한다. 문학이 앓지 않을 때, 그때야말로 문학의 길은 너무도 뻔해진다. 진부함과 상투성은 여기에서 시작되고, 진부함과 상투성은 자본의 먹잇감이 된다. 자본이 독특성보다는 일반성을, 다양성보다는 획일성을 선호하는 데에는 다 그만한 이유가 있다. 앓는 자는 치유를 위하여 여러 가지 처방과 실험을 계속하게 되지만, 앓을 역량이 없는 자는 기존의 방식대로 살아간다는 것은 경험으로도 확인되는 사실이다. 문학의 건강은 현실과 함께 아플 때 찾아온다. 이런 주장을 지나간 시대의 낭만주의로 치부할 수는 없다. 내가 작금의 한국 상황을 부끄러움을 무릅쓰고 고해하는 것은 이런 이유 때문이다.

한국 사회의 물질적 풍요가 가져온 여러 질병을 잠시 접고 전쟁과 핵을 말하는 것은, 이 두 가지가 삶의 평화를 근본적으로 깰 수 있기 때문이다. 이미 제주도 강정마을과 밀양, 사드 미사일 배치가 사실상 완료된 성주 소성리의 평화는 파괴되었다. 그러나 그들은 지금도 전쟁과 핵을 상대로 투쟁하고 있다. 전쟁과 핵을 강요하는 한국 정부와 미국 정부, 그리고 그들의 경제주의를 상대로 말이다. 그런 의미에서 그들이 가장 역동적인 평화를 발명하고 있는 것인지도 모른다. 이 사실은 문학에 좋은 참조가 되는 사례이다. 독특성과 다양성은 이러한 실천 속에서 나타나기 때문이다. 투쟁의 기록을 남겨야 한다고 말하고 있는 것이 아니다. 세계의 생생함을 느낄 수 있는 역량이 현재 우리에게 있는지 자문하고 있는 것이다.

# '재일' 조선인 시인 김시종

1.

김시종 시인의 첫 시집 『지평선』(소명출판, 2018)이 번역돼 나왔다. 이 시집에는 2017년 가을, 제주에서 열린 '전국문학인 제주포럼'에서 발표한 「시는 현실 인식의 혁명」이라는 인상 깊은 산문도 수록되어 있다. 김시종은 그동안 우리에게 띄엄띄엄 소개되었지만 아직까지 그의 문학적 성취나 특성이 널리 알려지지 않은 것 같다. 최근에는 김시종의 시를 존재론적 차원에서 읽은 이진경씨의 저작이 나왔다. 아직 찾아 읽지 못한 입장에서 보탤 말은 없지만, 그 책을 읽어본 지인의 말에 따르면 꽤나 유의미한 작업이었다고 한다.

김시종은 제주 4·3항쟁 당시 한라산 무장대에 연락책으로 참여했다가 체포 직전에 일본으로 탈출했는데 그 사정이 또한 통절하다. 제주 중앙우체국 집배과에 두 명의 동지가 있었다. 한 명은 소학교 일 년 선배였고 한 명은 동기였다. 그 두 명이 처형당한 일이 벌어지자 무장대측은 보복을 하기로 결정하고 그 임무를 김시종과 H에게 맡겼다. 보복의 내용은 중앙우체국에 집하된 토벌특공대원과 경비대원의 가족들에게 보내는 우편물과 환換을 불태우라는 것이었다. 수제 화염병과 소량의 다이너마이트 화약, 그리고 화학약품 염소가 주어졌다. 그런데 H가 수제 화염병을 들어 던지려는 순간 우편물 근처에 있던 자신의 사촌형제가 눈에 들어오고 말았다. 가공할 공포감에 급습당한 H가 화염병을 잘못 던져 현장에는 연기와 냄새만 자욱하게 됐다. H는 우체국 내에 있던 경비 경관의 카빈총에 맞아 절명하고 김시종은 도망가야만 했다.

도망중이던 김시종이 마지막으로 머물렀던 곳은 외숙부의 집이었는데, 이번에는 외숙부가 그만 무장대에게 살해당하고 만다. 경찰 상층부가 자주 들락거리는, 구장區長이었던 외숙부의 집이 역설적으로 안전해 숨어 지낸 것인데, 외숙부가 경찰들에게 밥과 술을 대접했던 일이 무장대에게는 토벌대에 가세한 것으로 비친 것이다. 김시종의 입장에서는 자신의 도피를 도운 외숙부가 동지들에게 죽임을 당한 꼴이 되었다.

결국 김시종의 부친은 아들을 탈출시키기로 했다. 밀항선을 태우며 김시종의 아버지는 "이것은 마지막, 마지막 부탁이다. 설령 죽더라도 내 눈이 닿는 곳에서는 죽지 마라. 어머니도 같은 생각이다"라고 말한다. 김시종은 훗날 "지금도 가슴을 파먹는 한마디"라고 기억하고 있다. 밤새 항해한 밀항선이 해 뜰 무렵 일본 나가사키 인근 고토열도가 보이는 수역을 지날 때, 청년 김시종은 아버지가 싸준 물품 중 하나인 붉은 약봉지를 풀어 바다에 버린다. 그것은 청산가리였다. 그뒤로 한 번 더 폭풍우를 만난 김시종이 탄 배는 아와지섬과 효고 사이를 배회하다가 깊은 밤중에 어느 바닷가에 간신히 도착한다. 그의 자전인 『조선과 일본에 살다』(돌베개, 2016)에서 스스로 고백한 내용이다.

김시종이 일본에 정착하며 맞닥뜨린 것은 비참한 재일 조선인의 삶과 조국에서 들려온 전쟁 소식이었다. 『지평선』에서는 조국의 전쟁에 얽힌 비통함과 그 전쟁의 본질, 그리고 전쟁의 병참 기지 역할을 하는 일본에 대한 통렬한 시선이 담겨 있다. 일본 당국에 체포되면 전쟁중인 조국으로 송환되어야 하는 처지를 빤히 알면서도 그는 반전운동에 뛰어들었다.

김시종이 태어났을 때는 이미 조선이라는 나라는 없었다. 그의 현실적 조국은 일본이었으며, 심지어 그 자신은 해방을 받아들일 내면적 준비도 돼 있지 않았다. 해방을 맞은 당시의 마음은 이랬다. "그런데도 나 혼자만 뭔가 그 자리와 안 어울리는 느낌이 들어 견딜 수 없었습니다. 성전인 대동아전쟁을 함께 치렀으면서도 너무 무정한 것 같아서 홀로 벗어나 제방으로 걸어갔습니다." 철저히 황국 소년으로 교육받은 소년 김시종에게 해방은 낯선 사건이었다. 하지만 김시종은 역사적 격변 속에서도 이성을 잃지 않고 이식된 일본에 대한 기억을 떨쳐내고 4·3항쟁에 참여할 수 있었다. 문학적으로는 "정감이 과다한 일본어"와도 싸웠는데, 김시종은 그러한 시도를 일본어에 대한 '의식적인 보복'이라고 기회 있을 때마다 피력했다.

김시종의 연대기를 돌아보면 어쩔 수 없이 그의 투쟁과 상처를 떠올리게 된다. 김시종은 4월에는 절대로 제주도를 찾지 않는다고 한다. 4·3의 피바람을 피해 도망쳐 나왔다는 부채의식에서 자유롭지 못하기 때문일 것이다. 4·3의 희생자들이 괜한 이념 공세에 시달릴까봐 자신이 남로당원으로 항쟁에 참여한 사실도 숨겨오다가 2000년에 들어서야 말하기 시작했다.

그의 시간을 우리도 똑같이 살아야 한다는 강박감을 가질 필요는 물론 없겠지만, 시대를 사는 이성적 태도와 안이한 길을 거부한 시적 양심은 되새길 가치가 충분하다. 우리 시사에는 일본제국주의였건 잔혹한 군사정권이었건 현실적인 이해타산에 사로잡힌 선택을 한 시인들이 적지 않은데, 그 시인들의 재능이 제아무리 뛰어나다 하더라도 그것이 시의 길일 수는 없는 노릇이다. 자나깨나 역사를 의식하는 무거운 역사주의도 탈이지만, 자신의 시와 삶은 역사로부터 초월해 있다는 망상은 더 위험하며, 사회에 실질적인 해를 끼치기도 한다.

김시종은 시종일관 자신의 시와 삶을 역사적 지평 위에 놓았다. 그 결과는 끝내 깊은 고독이었을지 몰라도, 그 고독은 자신의 시에 줄기차게 흘러드는 샘물이 아니었을까. 사람들은 시인을 모국어를 지키는 존재로 부르고는 하지만 엄밀히 말해 시인은 모국어로 모국어를 넘어서는 존재에 가깝다. 이것은 단지 미학적 차원의 문제가 아니라 그것 자체가 시의 정치에 해당된다.

2.

'일본어에 대한 보복'은 김시종이 시인으로서 싸워야 할 지점을 명료하게 인식하고 있었다는 것을 보여준다. 일본어를 버리면 되지 않느냐는 입장도 있을 수 있지만 삶터가 일본이고 또 일본어를 통해 형성된 '자기'를 버리라고 하는 것은 무책임한 객관주의일 것이다. 사실 이는 편협한 총련의 입장이기도 했다. 일본공산당의 지도를 받던 재일본조선통일민주주의통일전선(민전)이 1955년에 재일본조선인총연합회(총련)로 바뀌며 북한의 지도하에 들어가게 되면서 총련은 김시종이 주도하는 잡지 〈진달래〉 그룹에 조선어로 시를 쓰라는 지시를 내리는 등 사상적 규제를 가해왔다. 이에 반대해 김시종이 「장님과 뱀의 억지 문답」이라는 글을 〈진달래〉를 통해 발표하자 총련은 김시종을 "나쁜 사상의 표본"이라며 탄압했다. 결국 〈진달래〉는 1958년 10월에 통권 20호를 끝으로 폐간된다. 심지어 세번째 시집 『장편시집 니이가타』의 원고를 탈고하고도 13년 동안 기다려야 했는데, 『장편시집 니이가타』가 공식적으로 세번째 시집이 되는 것은 그전에 예정되어 있던 '일본풍토기 2'가 아예 분실되는 등 창작 활동 자체가 어려운 상황에 빠져버렸기 때문이다.

'일본어에 대한 보복'으로 상징되는 김시종의 언어적 저항은 비단 일본어에 대한 것만은 아니었던 것이다. 하지만 이런 언어적 저항은 기성 언어에 대한 미움이나 원망으로 이루어지는 것이 아니다. "시는 현실 인식의 혁명"이라는 김시종의 명제는 시를 통한 언어적 저항이 현실 자체를 인식하는 데 혁명을 가져온다는 뜻이다. 그렇다면 언어적 저항 자체가 실질적인 혁명을 불러온다는 비약도 가능할 법하다. 과연 시는 모국어를 갈고 닦고 보존하는 데에서 나아가 새로운 모국어를 위한 운동이다. 김시종의 경우 결국은 모국어가 아니라 일본어로 시를 쓰지 않느냐는 물음도 있을 수 있지만, 기실 이런 물음은 국가 내셔널리즘의 소산에 불과하다.

한편으로 김시종이 일본어에 밀어넣은 '재일 조선인'이라는 실존적 특징은 들뢰즈가 '카프카론'에서 말한 카프카의 언어적 처지와 일정 부분 겹친다. 『김시종, 재일의 중력과 지평의 사상』(보고사, 2020)에 실린 이한정의 「김시종과 일본어, 그리고 '조선어'」라는 논문은 그래서 흥미로웠다. 이 논문의 필자도 들뢰즈의 말을 재인용하는데, 간단하게 옮겨보면 다음과 같다. "위대한 작가는, 예를 들어 그것이 모국어이든 자기표현을 행하는 언어에서 항상 이방인과 마찬가지로 존재한다. (…) 언어를 그 내부에서 외치게 하고, 더듬거리게 하고, 어눌하게 하고, 중얼거리게 한다."

문제는 여기서 이방인의 언어는 단순한 '외국어'가 아니라는 점이다. 그것은 카프카나 김시종처럼 역사적 실존이 이미 소수자인 존재들의 언어이다. 자신의 실존을 에워싸고 있는 '불가능성'의 복판에서 말해야 하는 현실을 깊이 인식하고 있는 소수자의 언어. 김시종이 시인으로서 우리에게 다가오는 중요한 이유 중 하나는, 바로 자신의 언어적 숙명을 우회하거나 타협하지 않은 점 때문일 것이다. 시는 단순한 행동주의에도 종속되지 않으며, 동시에 행동 자체를 배격하지도 않는다. 김시종이 시인으로서 지난한 직접적 투쟁을 거쳐 도달한 지점은 아마 이 근처였을 것이다. '시는 현실 인식의 혁명'에 온축된 김시종의 사유가 그것을 가리키고 있지 않은가.

여기까지 말하고도 또하나 남는 문제가 있다. '민중 언어'는 어떻게 할 것인가 하는 문제가 그것이다. '더러워져가는' 현대 언어가 소비자의 언어라면, 소비자에 의해 가려진 민중의 언어도 소수자의 언어라고 할 수 있을 것이다. 김시종이 자신의 실존 상황을 통해 '재일'의 언어를 발굴했듯이, 우리에게는 더러워져가는 현대의 언어 더미에서 새로운 '민중의 언어'를 어떻게 발명해야 하는가 하는 질문이 던져져 있다. 하지만 자본의 바깥이 용납되지 않는 현실이 우리의 실존 상황이라는 점이 이일을 어렵게 한다.

만일 예술가가 '대지의 쇠사슬에 묶인 채 춤추는 존재'라면, 김수영의 다음과 같은 말은 지금도 유효한 것 같다. "언어는 원래가 최고의 상상력이지만 언어가 이 주권을 잃을 때는 시가 나서서 그 시대의 언어의 주권을 회수해 주어야 한다." 하지만 오늘날은 시의 사제인 시인이 언어의 주권을 스스로 반납하고 있는 것만 같은 느낌이 드는 것도 사실이다. 시가 현실의 소용돌이 안으로 무책임하게 휩쓸려들어가는 현상이 언제부터 벌어졌는지는 모르겠지만, 이것은 자신이 밟고 있는 대지를 시인이 잃어버린 게 큰 이유가 아닌가 싶다. 여기서 말하는 '대지'가 드넓은 땅 같은 물리적인 것만은 아니지만, 그렇다고 땅이 아니라고 말할 수도 없을 것이다. 왜냐면 직접적인 경험 자체가 우리의 언어를 제법 강력하게 규정하는 게 사실인데, 우리가 땅으로서의 대지를 잃어버린 만큼 언어 또한 더러워져갔기 때문이다. 이는 시가 서야 할 구체적인 자리를 잃어버린 채 시 쓰는 일이 직업이 돼버린 현상과도 불가분 관계가 있을 것이다. (시인이 직업이 아닌 이상 돈 못 버는 직업군에 자꾸 시인을 집어넣는 것은 유치한 통계 조사이다.)

다시 김시종 시인으로 돌아와서, 그렇다면 김시종의 대지는 무엇이었을까? 그것은 투쟁과 탈출, 그리고 투쟁과 탈출 사이의 가파른 경계가 아니었을까. 김시종이 언제나 이 가파른 경계를 자신의 대지 삼아 시를 써왔다는 것은 그의 삶 자체가 입증하는 것이기도 하지만, 『장편시집 니이가타』에서 벌레가 되는 것도 김시종이 자신의 존재 양식을 보여주는 상징에 가깝다.

그 누구도 역사적 상황으로부터 벗어날 수는 없는 법이다. 벗어나려 한다고 해도 그 역사가 놓아주지도 않거니와, 진인眞人은 그 과정에서 자신의 자리, 즉 대지가 무엇인지 아는 사람에 가깝다. 또 그것이 그의 존재의 역량이기도 하며, 그 역량은 단순히 학습을 통해서 배양되는 것만도 아니다. 자신에게 주어진 역사적 조건을 (심정적으로는) 피한다고 피해보지만, 엉뚱한 수렁으로 피하는 것이 아니라 새로운 묵정밭으로 나아가고야 마는 역량. 이 역량은 그래서 의지나 희망하고도 다르다. 그것은 심리적 차원의 것이 아니라 바로 존재에서 시작되는 것이며 진정한 시인은 자신도 모르게 자기 존재를 드러내면서 현실에서 벌어진 일을 존재 안으로 감아넣는 이중운동을 감행하는 사람이다. 그래서 그에게는 눈앞에 펼쳐진 묵정밭이 좌절의 상징이 아니라 자신도 모르게 갈고 있는 대지가 된다.

# 문학이 필요한 시절

1판 1쇄  2021년 1월 21일
1판 2쇄  2021년 6월 15일

지은이 황규관 | 펴낸이 신정민

편집 최연희 이희연 | 디자인 이보람 | 저작권 김지영 이영은
마케팅 정민호 김경환 | 홍보 김희숙 김상만 함유지 김현지 이소정 이미희 박지원
제작 강신은 김동욱 임현식 | 제작처 상지사

펴낸곳 (주)교유당
출판등록 2019년 5월 24일 제406-2019-000052호

주소 10881 경기도 파주시 회동길 210
문의전화 031) 955-8891(마케팅) | 031) 955-3583(편집)
팩스 031) 955-8855
전자우편 gyoyudang@munhak.com

ISBN 979-11-91278-14-9  03810

교유서가는 (주)교유당의 인문 브랜드입니다.